예술에 관한 살인적 농담

예술에 관한 살인적 농담

설재인 장편소설

차례

아람 • 7

형근 • 85

아람 • 117

형근 • 165

아람 • 193

민욱 • 243

작가의 말 • 265

아람

01

  대대로 예술가란 본디 자기 예술로 먹고살지 않았다. 든든한 후원자를 뒤에 두고 있어야만 생존하여 걸작을 만들어낼 수 있었다. 왕족이든 귀족이든 부자든 간에, 예술사를 통틀어 내내 그랬다. 물론 날 때부터 대단한 천재야 사조당 한 명쯤은 있었다. 그러나 그 천재의 수보다 걸작의 수는 훨씬 많다. 즉 천재가 아니어도 걸작은 만들 수 있다는 것. 그렇다면 고만고만한 재능을 가진 사람에게 필요한 것은? 순진하게 대답한다면, 창작에 매진할 수 있는 시간이다. 그러나 시간을 벌어주는 것은?

"그야 돈이지."

그러니 여러분은 본인이 부자가 아닌 이상 부자 친구를 사귀면 좋다! 학과장의 결론은 언제나 그렇게 마무리되었다. 그럴 때마다 이게 예술대학에서 할 말인가, 하고 아람은 소을과 눈빛을 교환하곤 했다. 그렇잖아도 우파 정권에 부역하는 것으로 유명한 사람이었다. 무려 원로 극작가가! 저런 사람을 교수로 둔 학교에 등록금을 내는 것도 참 기분 나쁜 일이라고 둘은 매일 수군거렸고, 그런 자각은 매일 수업이 끝난 후 학교 앞 싸구려 술집에서 술을 마시기 위한 좋은 구실이 되었다. 이 학교에 붙었을 때 얼마나 감격했는지를 지치지도 않고 우스꽝스럽게 재연하며, 그렇게 힘들여 들어온 곳에서 환멸밖에 경험하지 못하는 현재를 조롱했다. 일반고에서 예체능 한다고 욕먹던 서러움, 보호자―소을은 부모, 아람의 경우엔 외조모―를 설득하던 때의 고달픔, 지금 다니는 A대를 사람들이 뭣도 모르고 낮추어 보는 것―A대는 연극계에서는 가장 알아주는 대학이었으나 나머지 학과에서는 죽을 쒔다―에 대한 충격……. 그런 주제는 뻥튀기와 같은 기본 안주였고, 그렇게 들어온 A대가 알고 보니 참으로 형편없더라, 특히 연극과 학과장을 맡은 저 교수가, 하고 욕하는 것은 따지자면, 돼지김치찌개 같은 메인 요리였다. 기름지고 칼칼한.

A대를 졸업한 지도 한참. 서른이 된 지금에 와서도 아람이 절대 인정하고 싶지 않은 것은, 그럼에도 자신들이 A대 출신이기 때문에 예술계라는 이 판에서 어떻게든 밥 벌어 먹고 살 수 있을 거라 믿어 의심치 않던 스무 살 때의 순진함이었다. A대에 합격했을 때 바라던 게 바로 그런 거였다. 누가 집 사고 싶대? 자차 가지고 싶대? 아니, 그냥 서울 시내 풀 옵션 원룸에서 삼시 세끼 잘 챙겨 먹고 공과금 안 밀리며 사는 것. 조금 더 욕심을 낸다면 고양이 한 마리쯤은 반려할 수 있는 것. 그러면서 하고 싶은 연기를 하는 것. 그 정도만을 바랐었다. 더도 덜도 아니었다.

그마저도 할 수 없었다. 자신처럼 땡전 한 푼도, 후원자도 없이 이 판에 뛰어든 사람에게 그 정도의 생활이란 부유층의 것과도 같았다.

*

"소중한 고객님 안녕하십니까, 마음을 다해 모시겠습니

다, C쇼핑 서비스 센터입니다, 무엇을 도와드릴까요?"

연극을 전공했다는 것은 우습게도 취직할 때 도움이 되었다. 그러나 연극을 할 때처럼 우렁차게 말해서는 안 된다. 최대한 작은 목소리로, 납작 엎드려야만 한다.

"저기, 이봐요. 우리 강아지가 사료를 안 먹어."

"아, 그러셨어요. 고객님 반려견이 사료를 안 드셔서 참 우려가 크시겠어요. 빠르게 주문 확인해드리겠습니다, 작년 5월 30일에 주문하신 '퍼피러브 치킨 앤 살몬' 말씀이신가요?"

"그거 말고 뭐가 있겠냐?"

"어떤 문제가 있으실까요?"

"말했잖아, 안 먹는다고!"

"네 고객님, 소중하신 반려견께서 굶주리고 계시니 정말 상심이 크시겠습니다. 저도 걱정이 되는데요. 하지만 '퍼피러브' 사료는 구매 평을 보아하니 많은 강아지들이 좋아하시는 밥인 것 같은데요, 혹시 반려견께 급여하실 때 환경 변화라거나, 스트레스 요인이 있으셨을까요?"

"지금 내가 잘못했다는 거야?"

"아닙니다, 고객님. 죄송합니다. 도와드리기 위해 기본 사항 먼저 여쭙겠습니다. 고객님 반려견께서는 몇 킬로그램이신가요? 종은 어떤 종이시죠?"

"5킬로그램 말티푸예요."

"주문하신 제품은 20킬로그램 분량이었는데요, 얼마나 급여하시고 얼마나 남으셨나요?"

"몰라요. 내가 그런 걸 어떻게 재고 있어? 집에 저울이 있는 것도 아니고."

"아 그러세요 고객님, 그럼 언제부터 '퍼피러브' 사료를 반려견께 급여하시기 시작하셨나요?"

"받고 나서부터요."

"아, 그러시군요. 그러면 오늘이 6월 30일이니 이미 일 년이 넘게 지났는데요, 개봉한 지 오래된 사료는 반려견들께서 선호하지 않을 위험성이……."

"아니, 그런 거 생각하고 팔아야지 왜 내 탓을 해, 이년이. 장난해?"

아람은 숨을 꾹 참고서 눈앞의 모니터에 붙여놓은 포스트잇을 보았다. '이건 연극이다'. 처음 이 자리에 앉은 날 적어두었던 글귀였다. 이건 연극이다, 상대는 악역이며 지금 치미는 억울함과 분노는 구아람 자신이 아니라 자신이 말은 역인 상담원이 품는 것이다, 그러니 그 분노를 구아람 개인이 겪도록 하지 말자, 대본대로 행동하자, 상담원은 한없이 패배하고 괴로워하는 주인공이다, 하고 스스로를 세뇌하기 위해서.

어떻게든 통화를 끝내고 상담 일지를 작성했다. 고객을 가장 가성비 넘치는 방법으로 퇴치했음을 주장해야 하는 글. 입사 초기, 아람은 일지에 고객이 뱉은 대사를 모두 적었다. 앞에 지문까지 곁들였다. '(격앙된 어조로)' '(몰상식한 태도로)' 등등. 그러자 팀장이 아람을 부르더니 이런 거 쓸 시간에 콜을 하나라도 더 받으라고 핀잔을 주었다. 지문과 대사가 없이 어떻게 상황을 설명할 수 있을지 아람은 알 수 없었다. 지금도 여전히 이해는 되지 않으나 최대한 빨리 아무 말이나 쓰곤 했다.

퇴근시간이 되자마자 헤드셋을 벗었다. 사무실에서 가장 먼저 퇴근하는 자신을 팀장이 노려보는 것 정도야 알고 있었으나 이미 꽤 오랫동안 일한 자신을 자르진 않을 거였다. 5층에서부터 천천히 계단을 따라 내려갔다. 지은 지 사십 년 된 이 건물의 층계에서는 언제나 지린내가 풍겼다. 건물을 나서니 비가 쏟아지고 있었다. 소을은 이미 술집에 도착해 기다리고 있다고 했다. 얼음 바스켓에 칠링한 사케 한 병을 벌써 다 비웠다며 아람에게 인증 숏을 보낸 참이었다. 중증 알코올중독자인 소을이 아람의 생일을 빌미로 술을 진탕 마실 작정임을 아람은 모르지 않았으나, 그 심신의 건강을 걱정해주기엔 자신 역시 너무나 지쳐 있었다. 멋대로 살라지 싶었다. 게다가 오늘은 소을이 쏠 테니까.

그러니 소주 말고 사케를 마셔야지, 생각하며 약속 장소에 도착했다. 땀을 닦으며 자리에 앉자마자 육사시미가 서빙되었다. 이후 나가사키 짬뽕과 게살 고로케와 휘황찬란한 샐러드도 함께 나왔다. 아람은 물끄러미 안주 접시를 지켜보았다. 그러다 소을에게 물었다. 오늘, 페이 받는 날이야?

"호구 하나가 더 들어왔지, 소개로. 미팅도 안 하고 바로 10회 선결제부터 때리길래 기분 좀 냈지."

조-옿겠네. 아람은 한숨을 쉬며 사케를 따라 쭉 들이켰다. 그러고는 안주를 향해 달려들었다. 소을은 사실 입이 짧았다. 안주는 별로 먹지도 않고 술만 마시는 그 어 옆에서 피둥피둥 살찌는 것은 언제나 아람이었다. 분명 스무 살 땐 둘 다 하염없이 가녀렸다. 그러나 지금은 몇 체급 정도 차이가 날 터였다. 이게 다 가난 때문이라고 아람은 생각했다. 나는 눈앞에 먹을 게 보이면 입에 집어넣어야 하는 인간, 소을은 그렇게 하지 않아도 되는 인간. 분명 출발선은 똑같았는데, 아람과 달리 소을은 운 좋게 대단한 일자리를 잡았다. 돈 잘 버는 거야 부럽지만 동시에, 자신은 절대 하고 싶지 않은 일이기도 하다고 아람은 생각했다. 자신에게는 제의가 들어온다더라도 그따위 일에는 응하지 않을 거라고. 자존심이 있지!

"소을, 솔직히 말해. 오늘 상담 몇 잔이나 마시고 들어갔어?"

"엉? 석 잔."

"소주, 위스키?"

"아앙, 생일 축하행."

"말 돌리지 말고."

"선생님 쩨일 친한 친구 생일이라고 하니까 우리 애가 자기 가방에 달고 다니던 거 선물이라고 떼어 주더라. 볼래?"

소을은 가난뱅이 태생 주제에 부자들과 친해졌다.

"예쁘지? 이거 5만 원짜리 키링이야."
그 교수가 말한 대로.

02

 아람이 자신의 코 고는 소리에 퍼뜩 놀라 일어났을 때 소을은 이미 나가고 없었다. 부엌 싱크대 위에 놓인, 아직 잔여물이 말라붙지 않은 위스키 잔을 보고 아람은 한숨을 쉬었다. 어제 그렇게 술을 마셔놓고서는 변기통을 붙잡고 목구멍에 손가락을 넣으며 토하던 애가, 또 술을 마시고 나갔다니, 그것도 일을 하러. 찬장을 열자 색색의 라벨이 붙은 위스키 병이 즐비했다. 마음이 아팠다. 유년기에 가난했던 것은 자신도 소을도 마찬가지인데, 자신과 달리 그 빈곤을 극복한 소을이 그럼에도 불구하고 스스로를 학대하고 있다는 사실이 아람은 속상했다. 소을은 술을 물보다 더 많이 마셨고, 아람은 언제나 친구의 간을 몹시 걱정하는 역할이었다.

깨질 것 같은 머리를 부여잡고 거실 러그 위에 벌렁 드러누웠다. 분명 기억은 끊겼는데—소을과 술을 마시면 항상 그랬으므로 놀랄 일은 아니었다—낯짝 위에 버석버석한 가루가 돌아다니는 걸 보니 울었을 가능성이 높아 보였다. 소을과 술을 마실 땐 거의 그랬으므로 그것 역시 놀라운 일은 아니었다. 또 연극, 예술, 거지 같은 현실과 얇은 지갑 따위를 얘기하며 질질 짰을까? 그랬다면 소을도 신나게 동참했을 텐데. 아마도 눈이 부은 채 일을 나가지 않기 위해 잠을 자지 않았으리라. 참으로 의지가 대단한 친구였다.

마침 소을에게서 전화가 왔다. 아람은 통화 버튼을 눌렀다. 전화를 받다가 아직 남은 취기에 몸이 조금 휘청거렸다.

"일어났어?"

"어, 왜 전화했냐? 어제 좀 마시긴 했다, 그래도 멀쩡해. 청소랑 빨래 하고 갈게, 재워준 값으로."

그러나 돌아오는 대답은, 너 괜찮아? 였다. 당연히 괜찮지, 내 간 아직 젊고 쌩쌩하다고. 아람이 외치자 소을은 더욱 걱정스러운 목소리가 되고 말았다.

"아니, 그게 아니라…… 너 기억 안 나?"

"무슨 기억?"

"원룸 보증금……. 어제 전화 왔잖아, 너네 세입자 단톡 방도 생겼잖아……."

보증금? 단톡 방? 그러고 보니 핸드폰 상태 바 위에 새 메시지가 왔다는 카카오톡 아이콘이 떠 있던 게 생각났다. 월요일 아침에 아람에게 오는 카톡이라고는 버거킹 와퍼 행사 알림밖에 없었기에 확인할 생각도 없었는데.

"너 설마, 겨우 그거 마시고 필름 끊겼어?"

소을이 비명을 질렀다. 그 와중에도 필름이 끊겼다는 사실이 부끄러워 부인하고 싶은 충동이 드는 것을 보니 아직도 아람의 혈관에서는 술기운이 콸콸 흐르는 모양이었다. 아니 그보다는, 두뇌의 총 용량을 수치심으로만 채우는 것이 현실을 직시하는 것에 따르는 공포보다는 낫다고 여겼는지도 모른다. 그저 본능적으로 피하고 싶었던 것일지도.

*

 아람이 사는 반지하, B01호 원룸이 속한 건물은 각 호의 소유주가 제각기 달랐다. 아람의 집주인은 그 건물에 총 다섯 호의 방—B01호, 203호, 304호, 501호, 505호—을 소유하고 있었는데, 그 방들의 방세가 다른 집주인의 것에 비해 유달리 저렴했다. 시골에서 농사짓고 사는 물정 모르는 노인네라 그렇다고, 땡잡은 거라고 부동산에서는 빠른 계약을 부추겼고 아람은 당연히 앞뒤 안 가리고 그대로 사인했다. 보증금 100만 원에 월세 30만 원. 그게 벌써 오 년 전의 일이었고, 지금에 이르기까지 그 시골 노인네는 한 번도 방세를 올린 적이 없었다. 내 인생의 유일한 복, 천사 같은 순박한 농민. 소을과 술을 마실 때마다 아람이 심심찮게 입에 올리는 안줏거리기도 했다. 어제까지는.
 보증금을 돌려받지 못할 거라는 사실을 처음 알게 된 건 결혼을 앞두고 이사를 원하던 5층 남자로, 그는 전세 세입자였다. 그 노인네에게 아무리 전화해도 연락을 받지 않아 부동산 계약서에 있는 주소만 보고 차를 몰아 직접 다섯 시간 걸려 찾아갔다고, 그리고 거기서 백골 시신을 발견하곤 혼절해버렸다고 했다. 반나절을 기절해 누워 있어도 아무도 모르는 오지였기에 결국 스스로 깨어난 남자는 신고를 했고, 얄궂게 경찰서에도 다녀왔다.

그래, 거기까지는 그럴 수 있다 치자. 문제는 죽은 노인의 계좌에 남은 돈이 2390원뿐이라는 것이었다. 원룸 다섯 채의 보증금은 온데간데없었다. 더군다나 망자에게 없는 것은 그뿐만이 아니었다. 그에게는 가족도 친구도 없었다. 완벽히 혼자라고 했다. 그러니까 서울의 원룸 다섯 채 살 돈 말고는 아무것도 가지지 않았던 사람이었으며, 이젠 그 돈마저도 동났다는 거였다.

남자는 서울로 돌아와 야구방망이를 들고 부동산에 쳐들어갔다. 그러나 벌금을 낼까 봐 그건 휘두르지도 못하고, 그저 같은 처지가 될 세입자들의 전화번호를 본인 동의 없이 받아내는 정도의 성과를 거두었다. 그러고는 벼락같이 단톡 방을 만들어 초대한 것이었다. 함께 무언가 해야 한다고, 서로 지성을 모아 돈을 찾아와야 한다고.

아람은 단톡 방을 힘껏 스크롤해 처음부터 찬찬히 읽기 시작했다. 세입자들은 밤 열 시에 갑자기 자신을 초대한 타인의 무례함에 놀라다가, 죽은 집주인으로부터 보증금을 돌려받지 못하게 되었다는 말을 듣고는 되물었다. "그러면 법적으로 어떻게 되는 거죠?" 상속인이 없는 부동산은 국가에 귀속된다는 네이버 검색 결과를 남자는 빠르게 공유했고, 보증금은 가정법원에서 이러쿵저러쿵 해결해야 하나 매우 복잡하여 개인적으로 처리하기 어려우며, 또한 오래 걸린다는 설명을 늘어놓았다. 서울 시내의 관짝 같은 원룸에 세 들어 사는 사람들이 변호사를 쉬이 선임할 수 있을 리 만무했고, 남자는 당장 전세금이 필요한 상황이었다.

그때 왼쪽이 아닌 오른쪽에 위치한 말풍선이 아람의 눈에 들어왔다. 오른쪽? 자신이 썼던 뜻이었다.

'저눈 저운데요 월세 안내두되닉가'

'평샹 살검데'

'이사 안ㄱㅏ'

'지슫층ㄱ기티 알아ㅅ 해여 번지하충은 ㅁ멀라'

그러고는 심지어 윙크하는 이모티콘까지 보내버렸다. 맹세코 전혀 기억나지 않는 일이었다. 그 메시지 이후, 쉴 새 없이 대화가 이어지던 단톡 방에 이 분 정도의 텀이 생겼다. 그러고는 남자가 격분하는 메시지를 몇 개쓰 쏟아올렸고, 곧 나머지 세 사람이 하나씩 말을 얹기 시작했는데, 결론은 남자를 제외한 넷 모두가 전세 세입자가 아니며, 그래서 일단 이번 달의 월세를 내지 않아도 된다는 기쁨에 사로잡혀 있고, 하여 보증금에 대해서는 남자가 혼자 총대를 메주길 바란다는 것이었다. 그가 비싼 수임료를 써서 테이프를 끊고 나면, 나머지는 훨씬 수월할 터이니.

어느 순간 남자는 욕설을 쓰며 펄쩍펄쩍 뛰고 있었다. 아마 그대로 뛰쳐나가 세입자들의 방문을 두드렸는지, '소리 지르지 마세요. 신고합니다'라는 메시지가 줄 지어 이어졌다. 지금 보니 아람에게 온 부재중전화도 스물다섯 건 정도가 있었는데 모두 모르는 번호였다. 아마 남자의 것이지 싶었다. 남자는 세입자들의 호수도 알아낸 모양이었다. B01호 앞에서 죽치고 있겠다는 메시지가 따로 온 걸 보면. B01호는 아람의 집이었다. 집에서 안 잔 게 천만다행이었다. 아니었다면 얼마나 공포에 떨어야 했을지. 어쩌면 술에 꼴아 함부로 문을 열어줬을지도 모르는 노릇이었다.

단톡 방의 마지막 메시지는, '진짜로 경찰 신고했으니까 일단 조용히 하세요!!!!!'였다. 새벽 네 시. 그때까지 참

징하게도 난동을 부린 듯했다. 그렇다면 지금쯤은 훈방 조치 후 풀려났으려나. 집에 들어가는 게 사뭇 걱정이 되기는 했다. 그러나 결혼을 앞뒀고 세입자들의 연대가 필요하다는 남자가 그 정도의 분별력이 없을까, 아람은 생각했다. 내가 술에 취해 실언을 한 건 맞지만 결국 나를 필요로 할 텐데, 일단 건물 근처에서 마주친다면 미안한 척을 오지게 한 뒤 함께 머리를 맞대는 척하면 용서해주지 않을까? 다만 이틀 정도는 더 소을에게 신세를 져야 할 것 같다. 지금 가면 남자가 B01호 앞에 진을 치고 있을 게 분명했다. 며칠 내내 그럴 순 없을 테니, 지칠 때까지 기다려야 했다. 어차피 소을의 집에서 자는 것엔 익숙했다. 자고로 연극인이라면 그 어떤 열악한 환경에서도 숙면을 취할 수 있어야 하는데, 하물며 소을의 스리룸 오피스텔은 아람의 방보다 훨씬 크고 깨끗하며 편리했으니 말이다. 사실을 말하자면 가끔 아람은 소을이 자신의 후원자일지도 모른다는 생각을 했었다. 물론 자신은 더 이상 예술을 하고 있진 않지만, 그래도 재충전의 기간을 가지고 있다고 합리화할 때도 있었다…….

 그새 소을에게서 다시 전화가 왔다. 어, 왜? 아람이 묻자 소을은 놀란 듯 비명을 질렀다.

"아직도 상황 파악이 안 됐어?"

"어? 어, 집주인 죽었다고? 근데 그거, 결국 이 결혼한다는 사람이 먼저 소송 걸어줄 거 아닌가? 그럼 난 나중에 그거 따라가면 되는 거 아닌가? 그리고 집주인이 국가면 좋지 않나? 방값 올리겠다고는 안 할 거 아니야, 그럼 좋은 거지. 나는 거기서 평생 살아도 되는데. 어차피 내 돈으로는 서울에서 그 집 이상 못 구할 테니까. 야, 소울 카운슬러. 근데 왜 내가 울었냐? 너 혹시 알아?"

……미친년아. 수화기 너머로 들리는 험한 말에 아람은 뭐라 타박하려 했다. 그러나 소을의 입이 조금 더 빨랐다.

"미친년아, 너 진짜 꽐라됐었구나. 너네 집 없어. 없다고."

내 집이 왜 없어. 아람은 말했다. 그리고 수화기 너머의 소을은 일곱 번쯤 한숨을 쉬었다.

"……없어졌다고. 너 지금 당장 카톡 말고 폰 브라우저 열어서, 그 수많은 탭들을 하나하나 재독해주지 않겠니?"

03

7월 1일 새벽 다섯 시, 서울 강서구의 낡은 빌라 한 채에서 화재가 일어났다. 다행히 인명 피해는 없었으나 모두가 잠자던 차림으로 대피해야 했다. 범인은 결혼을 앞둔 삼십대 남성 A씨. 범행 현장에서 붙잡힌 그가 밝힌 동기는 두 가지였다. 아니, 정확히 말하자면 두 가지 부류의 사람 때문이었다. 첫째로는 같은 빌라에 살고 있는, 그러나 자신이 처한 비극과는 전혀 상관없는, 다른 집주인의 세입자들. 같은 지붕 아래 살면 도의적으로 운명 공동체가 되어야 하는 것이 아니냐고 그는 울부짖었으나 그 논리는 남들에게 전혀 설득력을 주지 못하는 분위기였다. 그러나 두 번째는 달랐다. 단톡 방의 여자 하나가, 자신 역시 죽은 집주인의 세입자임에도 불구하고 수수방관했다는 것, 심지어는 '평생 방 값 안 오르는 집에서 살 수 있다'고 기뻐하며 자신을 조롱했다는 것. 그 여자의 만행은 뉴스 댓글창에서도, 이런저런 커뮤니티에서도 분노를 사는 중이었다. A씨는 불을 지르기 전 자신이 활동하던 커뮤니티에 방화 예고를 올리며 빌라의 주소지와 여자의 이름 그리고 호수를 공개했다. 전화번호까지 쓰지 않은 걸 자비롭다 여기고 감읍해야 하는 걸까? 어쨌거나 그는 그 괘씸한 여자의 집인 B01호의 문 앞에서 불을 질렀고, 지금은 방화 혐의로 잡혀 들어갔으며, 기상천외하게도 그 불이 마치 A씨의 마음을 대변하기라도 한 듯 B01호만 홀라당 태웠기 때문에 다른 세입자들은—당분간 호흡기를 조심해야 하겠지만—안전하게 귀가한 상태였다. 적어도 아람이 검색한 모든 뉴스 단신으로는 그랬다.

아람은 소을의 집을 뛰쳐나가 빌라로 향했다. 아람과 달리 나인 투 식스로 일정하게 출퇴근하는 세입자들이 대부분인 빌라는 역시나 고요했다. 유일한 반지하방인 B01호 앞에—그 옆의 공간은 모두 청소 도구를 수납하는 창고로 운영되고 있었다—멈추었다. 그리고 발견했다. 활짝 열려 있는 현관문과 새까맣게 타버린 내부를.

내 방이 지상층이고 다른 이웃들이 같은 층에 함께 살았더라면 모두 피해자가 되어 연대할 수 있었을 텐데. 아람은 주먹을 쥔 채 생각했다. 그런데 모두는 멀쩡했다. 그 남자가 어떻게 Б01호만을 태울 수 있었을까? 사실은 아람의 집 비밀번호까지 알아 침입해 방화하고 목적을 달성하자 진화했다고 이해해야만 하는 게 아닐까? 아람은 급히 핸드폰을 들어 그 의혹을 전하려 했다. 누구에게? 누군가에게. 억울하니까, 누구에게라도. 그러나 막상 화면이 켜지자 그럴듯한 대상이 떠오르지 않았다. 설상가상으로 마침맞게 단톡 방에 누군가 쓴 메시지가 떴다. 'B01호 님, 304호입니다. 이거 보시면 답 메시지 주세요. 연기 흡입해서 병원 치료 받아야 하는 분들이 좀 계셔서요. 도의적으로 책임을 좀 지셔야 할 것 같은데 답 좀 주시죠.'

해가 들고 창문이 있는 방에 살았으면서, 무슨 연기를

흡입해?

아람은 화를 내려 했으나 '책임'이란 단어가 자신을 막았다. 현대사회에서 '책임'의 동의어는 '돈'. 결국 꽁지가 빠지게 건물을 빠져나왔다. 갈 곳이라고는 하나뿐이었다. 다시, 소을의 집으로.

*

그렇게 한 달을 내내 소을에게 얹혀 지냈다.

핸드폰에는 연락이 점점 많이 왔다. 알고 보니 A씨가 무슨 남초 커뮤니티의 네임드여서 그를 추종하던 이들이 결국 아람의 카카오톡 아이디까지 밝혀낸 모양이었다. 아니면 단톡 방의 누군가가 흘렸을 가능성도 있었다. 어쨌거나 읽지 않은 메시지가 도착해 쌓이는 것만으로도 배터리가 사정없이 닳았다. 소을이 언젠가 보고 말할 정도였다. 야, 거기서 불나도 이상하지 않겠는데?

어떻게 내게 '불난다'는 어휘를 농담 삼아 쓸 수가 있지? 아람은 기함했고, 그제야 소을의 말투가 딱딱해졌음을 깨달았다. 겸상도 하기 싫다는 듯 매일의 끼니와 음주를 밖에서 해결한 후 느지막이 귀가한다는 것도. 그래, 거기까지야 그럴 수 있다 치자. 어차피 얹혀사는 처지니. 그러나 청소만큼은 참을 수 없었다. 소을은 본디 청소에 재능이 전혀 없는 애였고, 그래서 아람은 오피스텔의 청소를 대신하며 이것으로 월세를 갈음한다 여기곤 했었다. 그러나 어느 날부터인가 소을은 집의 청소를 대행업체에 맡기고 본인은 일을 하러 나가곤 했다. 직원들은 집의 구석구석을 깨끗이 쓸고 닦으면서도 아람이 쓰는 방만은 건드리지 않았다. 수고하신다며 미리 베지밀까지 챙겨준—물론 소을의 냉장고에 있는 소을의 것이었으나—아람의 선의가 민망하게도 그들은 칼같이 문턱을 넘어오지 않았다. 의뢰받은 바가 거기까지라는 거였다. 방 두 개, 거실 하나, 화장실 하나. 얼만데요? 내 방이 추가되면 얼만데요? 내가 지금 내면 되잖아. 아람이 열받아 묻자 직원들은 낮은 목소리로 저들끼리 수군거리더니 금액을 제시했다. 딱 아람이 뒷걸음질할 만한 액수였다.

나름 친구 사이에, 이렇게 치졸할 수 있나? 돈도 잘 벌면서? 아람은 이를 갈았다. 내가 쟤한테 해준 게 얼마나 많은데. 대학 오티 때부터 소을을 챙겨준 것도, 소을 연출의 허접한 연극을 무대에 올릴 자본을 모금하기 위해 캠퍼스 인근의 술집을 숱하게 돌며 읍소한 것도—그 과정에서 간도 술값도 엄청나게 축났으니 아람의 입장에서는 사실 적자나 다름없었다—배우 오디션과 극본 공모전에 숱하게 떨어지며 좌절하는 소을에게 계속해서 너는 할 수 있다고 응원을 했던 것도 아람뿐이었다. 물론 이러한 아람의 노력에도 불구하고 소을은 끝끝내 어디에서도 선택받지 못했다. 게다가, 아람은 대학 시절 자신이 동경하던 선배마저 소을과 연인이 되도록 양보했던 이력마저 있었다. 겨우 일 년도 못 사귀고 헤어졌지만. 그런데도 이렇게 우정을 내팽개친단 말인가? 아람이라고 마음 편히 지내는 것만은 아니었다. 수도세 많이 나올까 봐 이 더위에도 샤워는 이틀에 한 번 했고, 근심 탓에 변비가 생겨 물 내릴 일도 적었다. 거기에 더해지는 건 라면 끓이는 인덕션 돌리는 전기세 정도인데, 그게 아깝다고? 그것 말고는 자신이 소을에게 빚지고 있는 건 하나도 없다고 아람은 확신했다. 게다가 따지고 보면, 자신은 마치 귀여운 강아지처럼 소을이 힘들게 일하고 집에 홀로 돌아올 때마다 반겨

주는 존재가 아니던가? 그런데 뭐가 싫은데? 왜 이딴 식으로, 소중한 친구를 서운하게 하는 건데?

아람은 서운한 걸 묻어두는 성격은 아니었다. 연극영화과를 다니면서 타인에 대한 무자비한 지적과 힐난에도 도가 텄다. 소을이 자신을 내쫓는다면, 하는 가능성을 무시할 수는 없었으나 자존심이 있지 그냥 넘어갈 수야 없었다. 그래서 청소 대행업체의 직원들이 일을 마치고 떠난 거실에 우뚝 서서는 이를 부득부득 갈며 친구를 기다렸다. 벽에 걸린 티브이를 쳐다보면 마치 프롬프터처럼 그 위로 자신이 뱉어야 할 대사가 아른거렸다. 대사의 마지막은, '내가 나가길 원한다면 솔직히 말해, 나가라고! 그냥 나가서 노숙하다가 뒈지라고 말해'였다. 그 앞에 '(머리를 쥐어뜯으며)'라는 지문이 붙어야 하겠고. 소을이 그런 말을 들으면서까지 친구를 내칠 아이가 아닐 거라고 아람은 믿었다. 아무래도 가난의 경험을 공유했던 친구가 아닌가. 지금 자신을 서운하게 하는 것도 괜한 충동의 발로일 터였다. 돈 잘 버는 서른 살이 되니까 문득 냉혹한 신여성이 되어보고 싶은 건지. 웃기는 일이라고 아람은 생각했다.

현관문 밖의 인기척—택배 기사, 쿠팡 배달원, 옆집 주민, 전단지 붙이는 알바 등—에 열 몇 번을 움찔거리고 나서야 비로소 번호 키 누르는 소리가 들렸다. 아람은 현관문 쪽으로 고개를 돌렸다. 그런데 들어오는 사람은 소을이 아니었다.

"어······."

뿔테 안경을 쓰고 쉼표 머리를 한, 가죽점퍼—이 날씨에!—차림의 남자가 흠칫했다. 옆에는 바코드 스티커가 덕지덕지 붙은 커다란 캐리어가 있었다. 아람은 한 발짝 뒤로 자신도 모르게 물러서며 물었다. 누구세요? 그러자 남자가 되물었다.

"아······ 혹시 소을이 친구분이세요?"

"······네? 아, 네······."

"아, 그러시구나. 소을이가 우리 집에서 친구분이 며칠 머물 거라고 말하긴 했었는데 아직까지 계시는 줄은 몰랐어요. 그때 들었을 땐 하루이틀이라고 했는데······. 뭐, 그럴 수 있죠."

"'우리 집'이요?"

"아, 네. 소을이랑 저랑 같이 사는 집이니까요."

예?

　아니, 아니다. 말도 안 되는 얘기였다. 아랑은 이 집에서 한 달을 머물렀고 그동안 저 남자의 머리털도 본 적이 없었다. 그런데 같이 사는 집이라고? 게다가 소을에게 남자 친구가 있다는 말 역시 듣지 못했다. 그러니 저 남자는 어쩌면 소을의 스토커일지도 몰랐다. B01호에 불을 지른 남자처럼 사이코일지도. 아랑은 바지 뒷주머니에 넣은 핸드폰에 손을 갖다 댔다. 여차하면 꽁지가 빠지도록 도망가서 112에 전화할 작정이었다. 그러면서 빛보다 빠른 속도로 주변의 지형지물을 스캔했다. 남자가 덤벼들었을 때 장착할 수 있는 구기가 뭘까 생각하며. 광활한 거실에 있는 거라곤 티브이와 소파, 러그, 그리고 소을이 키우다 파양한 고양이의 아직 치우지 않은 화장실뿐인데……. 그렇다면 가장 유효한 무기는 화장실 모래일까. 남자의 눈을 향해 뿌리면 되려나.

　그런 생각을 하며 대치하고 있는데 남자가 큼큼, 헛기침을 했다. 그러고는 바지 주머니를 뒤적이더니 명함 하나를 꺼내 아랑에게 내밀었다. 아랑은 엄지와 검지만으로 조심스레 그 명함을 받아 확인했다. '누구도 밟지 않은 길만 갑니다! 하드보일드 오지 여행 전문 유튜버…… 김석원'.

"소을이 친구분이니까, 함께 이야기 나누면서 안면을 트면 좋겠네요. 소을이 올 때까지요."

김석원이 말했다.

*

김석원을 거실에 두고 일단 화장실로 대피한 아람은 명함에 적힌 유튜브 계정에 접속했다. 놀랍게도 그는 구독자 수 10만을 훌쩍 넘기는 유튜버였고, 두 달간의 남미 '하드보일드 오지 여행'을 마치고 돌아온 참이었다. 그러니 소을과 그가 같이 살았다는 걸 아람이 몰랐을 가능성이 충분했다. 하지만 아직도 의문은 있었다. 소을이 여태껏 남자친구의 존재를 자랑하지 않은 것, 그 자체였다. 걘 그럴 애가 아닌데. 무언가 구린 구석이 있는 남자인 게 분명하다고 아람은 생각했다.

스크롤을 좀 더 내려보았다. 첫 번째로 업로드된 영상을 재생한 후 소리가 빠져나가지 않도록 부리나케 핸드폰을 무음 모드로 바꾸고는 영상의 자막 기능을 켰다. 그러고는 그 구린 구석이 뭔지 곧바로 알게 되었다.

김석원은 미성년자였다.
씨발, 미쳤나? 아람은 중얼거렸다.

첫 영상의 제목은 '강남 8학군 고딩이 아프리카로 가출하는 법', 업로드 시기는 지금으로부터 일 년 반 전, 그리고 영상을 시작하는 멘트는 "나는 어제 특목고에 합격했고 오늘 가출했다"였다.

이 정신 나간 연놈이! 아람은 뚜껑 내린 변기에서 일어나 화장실 문을 걷어차고는 밖으로 뚜벅뚜벅 걸어 나갔다. 소파에 앉아 핸드폰으로 게임을 하고 있던 김석원이 밝게 미소를 지으며 아람 쪽을 쳐다보았다. 그래, 노안이긴 노안이다만 지금 보니 저 애새끼의 옷차림에 내가 속았구나, 싶었다. 잘 버는 트렌디한 이십대 청년처럼 보이는 연출. 척 봐도 돈을 처발라 관리가 잘된 모양새. 아람의 경험에 근거한다면, 십대라고는 생각할 수 없었다.

아람은 김석원의 앞에 우뚝 서서 팔짱을 꼈다. 겨우 열여덟 살이라는 걸 안 이상 존대할 마음은 들지 않았다.

"그래서, 연세가 열여덟이시다?"

"뭐야, 화장실에서 저 검색해보셨어요?"

"미성년자인데 여자랑 동거를 해?"

"소을이가 불쌍한 청소년을 거둬준 거죠."

"'소을이'? 너 걔 몇 살인지 알아?"

"서른이잖아요. 왜요? 설마 띠동갑 연상연하는 안 된다, 하는 마인드를 젊은 여자분이 가지실 리는 없고. 게다가 소을이 친구분이라면 더더욱."

"너 자꾸 예의 없이 소을이, 소을이 할래?"

"사랑하는 사이고 합의한 호칭인데 문제가 있나요? 물론 소을이 말고 소을이 친구분께 반말을 할 생각이야 전혀 없는데요. 솔직히 액면가도 차이가 좀……."

아람은 씩씩거리다, 대꾸할 말이 없어 그만 소파에 털썩 앉고 말았다. 김석원이 적잖은 거리를 두고 이번엔 바닥에 자리를 잡았다. 정소을 이년이 대체 어떤 짓을 저질렀는지 알아야겠어. 아람은 속으로 중얼거렸다. 궁금한 게 너무나 많았다. 어디서 만났는지, 누가 먼저 사귀자고 했는지, 혹시 잤는지, 정말로 죄책감은 없었는지, 그리고 성인 여성으로서 소을이 죄책감을 내비치지는 않았는지, 당연히 가벼운 사이겠지만 도대체 소을의 매력이 뭔지……. 김석원의 나이가 두어 살만 많았어도 아람의 이성은 자신의 궁금증이 일종의 열등감에서 기인한다는 것을 자각했을 터였다. 그러나 지금은 충격이 너무 컸다. 그리고, 그래서, 처음으로 나온 질문은 아람이 가장 듣키고 싶지 않던 본능의 돌출이었다.

"설마 이 집 전세금, 네 지분도 있냐? 정소을 걔, 집 가난하잖아. 네가 해줬어?"

그러자 김석욷은 눈을 크게 뜨며 되물었다.

"가난하다고요? 소을이가? 무슨 소리지?"

04

 십 년간 어떻게 이토록 감쪽같이 거짓말만 할 수 있었을까? 소을과 술을 마실 때 가장 많이 떠들어대던 화제 중 하나가 가난과 가족 불화였는데. 소을은 동네 아이들로부터 멸시받는 임대아파트에서 자랐다고 했고, 돈 벌 생각도 하지 않고 예술 같은 거나 한다고 집에서 쫓겨났으며, 실기 학원비를 벌기 위해 아르바이트를 얼마나 열심히 했는지 털어놓았었다. 특히 백화점 아르바이트를 하며 만난 진상들을 흉내 내는 솜씨가 대단히 좋아서, 아람은 소을이 연기를 마침내 포기하고선 극작과 연출 쪽으로 방향을 틀 때 아쉬움을 표하기도 했었다. 그런데, 뭐? 강남 8학군 출신이었다고? 아버지가 무슨 공기업의 무슨 무슨 자리에 있던 사람이라고? 집이 대치동이었다고?

"물론 A대 갔다고 집에서 쫓겨났던 건 맞지만요, 그래도 컨설턴트로 일하면서부터는 다시 본가랑 교류하기 시작했다고 알고 있는데. 이 오피스텔 전세도 아버지 돈으로 한 건데요?"

"나한텐 자기가 번 돈으로 했다고 했어."

그러자 김석원은 멀뚱히 아람을 쳐다보더니, 이해할 수 없다는 듯 뱉었다.

"대학도 세뱃돈으로 다녔던 소을이가요?"

충격과 배신감으로 몸을 떨면서, 아람은 복기했다. 그래, 생각해보니 그랬다. 왜 몰랐을까? 엠티에서도, 합숙할 때도, 현장에서도 일을 해본 사람과 그렇지 않은 사람은 명확히 구분되었다. 설거지를, 칼질을, 걸레질을 평생 않았던 이들은 적당한 웃음으로 상황을 무마하려 했다. 벌겋게 라면 기름이 범벅된 그릇들을 대충 겹쳐놓은 채 물을 받아놓지 않고, 쓰레기를 어떻게 분리해 버려야 하는지 알지 못하고, 기껏 밥을 열심히 해줬더니 고맙단 말 하나 없이 앉아서 처먹기나 하는 사람들. 결국 잡일은 언제나 하는 사람이 했고 그중 하나가 아람이었다. 그럼에도 웃음으로 상황을 무마하는 이들이 더 사랑받고 결국엔 더 잘 되었다. 참으로 이상한 일이었다.

 소을도 마찬가지였다. 아람은 첫 엠티 때, 동기 하나가 토한 걸 보고 소을이 휴지를 둘둘 말아 덤벼들었던 걸 기억해냈다. 분명 바닥에 흩뿌려진 것을 훔치는 그 애를 보고서는 이상하다고 여겼었다. 소을은 토사물을 마구 문대며 상황을 악화시키고 있었다. 그때야 그저 남의 토사물을 만지는 게 싫어 우물쭈물한다고 결론 내렸는데 십 년이 지난 지금 다시 돌이켜 보니 그게 아니었다. 그 애는 단 한 번도 행주나 걸레를 손에 쥐어본 적이 없던 거였다. 그냥 문지른다고 되는 게 아니라 건더기들을 한쪽으로 모아야 한다는 것을 몰랐던 것이다. 아마 선배들에게 잘 보이고 싶어 그랬겠지. 결국 보다 못한 아람이 나서서 정리해줄 때까지, 소을은 펜션 장판에 위액을 흡수시킬 기세로 그 지랄을 죽어라 떨고 있었다.

 그 장면을 떠올리자 분노에 기인한 확신은 커져갔다.

그래, 참 좋은 연기였다. 가난하고 핍박받는 예술가가 되고 싶었겠지. 그러나 어디서도 그 갈급한 욕구를 채울 수 없었을 거였다. 그러자 소을이 자신을 절친 롤로 택한 이유도 이해가 갔다. 모방하기 위해서였을 것이다. 마치 사투리 연기를 위해 지방에서 몇 박 며칠을 머물렀다며 토크쇼에서 자랑하는 배우들처럼 말이다. 동기 중 누가 봐도 구아람에게서 가장 빈티가 줄줄 흘렀겠지, 그랬으니 택했겠지…….

배우들의 사투리가 얼마나 엉성한지 현지인만큼은 다 알기 마련일 턴데 나는 허황된 가짜 우정에 눈멀어 사람을 제대로 보지 못했군. 아람은 치를 떨었다. 가난과 고난을 연기하는 이들은 아람 자신이 가장 잘 파악해야만 했었는데, 방심했다.

*

그리고 놀랍게도, 이튿날 새벽까지 두 사람은 소을 없는 그 집에 함께 있었다.

"신고를 하자고요."

"야, 어디서 술 처먹고 있을 거라고. 신고했다가 쪽팔리게 발견되면 걔가 얼마나 빡쳐서 날뛰는지 알아? 하기야 부잣집 따님이시니 신고도 함부로 하면 안 되나?"

배신감 때문에 말이 자꾸만 비뚤게 나왔다.

"지금 새벽 세 시라고요."

"어엉, 2차 마무리하고 3차 가기 딱 좋은 시간이네."

"취해서 무슨 일이라도 생겼으면 어떡하냐고요."

아람은 딱하다는 눈으로 김석원을 바라보았다. 저런, 정말로 모르는구나. 소을은 고량주를 궤짝으로 들이부어도 취하지 않는단다, 애송아, 소을은 위스키를 마시고 일을 가는 아이야.

그렇게 투닥거리며, 김석원을 통해 아람은 몰랐던 것들을 알게 되었다. 김석원은 소을, 일명 '소울 컨설턴트'가 케어하는 수많은 학생 중 한 명이었다. 그러니 당연히 집에 돈이 많았다. 그러나 소을은 김석원의 부모가 원했던 것처럼 김석원을 '정상 궤도'로 복귀시키는 것이 아니라 집을 탈출할 수 있는 자금을 마련하는 유튜버의 길을 열어주었다. 열여덟짜리가 해외여행 유튜브로 유명해질 수 있도록 알고리즘에 탑승시키는 데에 소을의 돈이 '약간' 들어간 모양이었다. 그리고 아람이 보기에 김석원은 고마움을 사랑과 열심히 혼동하는 중이거나, 소을을 더 벗겨 먹으려고 작정했거나, 둘 중 하나였다. 화룡점정으로, 소을이 한 달 후 방을 빼고 자신과 함께 일 년짜리 세계 일주를 시작할 계획이라고 김석원은 말했다.

"세계 일주? 누구 돈으로?"

"이 집 전세금이랑 제 돈이랑, 소을이가 모은 돈이랑."

"'이 집 전세금'? 방을 뺀다고? 나한텐 한 번도 그런 말 한 적 없어."

"여기서 한 이틀쯤 계시다 나갈 거 아니었어요? 한 달 후라니까요, 한참 멀었어요."

개 같은 년. 아람은 속으로 중얼거렸다. 내가 자기 집에 있는 게 싫은데 나가라고 말하면 쌍년이 될 거니까, 몰래 사라지려고 했구나. 그러면 친구가 당장 거리에 나앉을 텐데, 그래도 양심의 가책 따위 느끼지 않았구나.

어떻게 그럴 수 있지. 어떻게, 내가 이렇게 힘든 걸 아는데 그런 식으로 날 길바닥에 내버릴 생각을 한 거지. 아람은 당장이라도 방충망을 찢고 밖으로 뛰어나가 울부짖고 싶은 마음이었다. 그러나 김석원이 옆에서 줄곧 토독, 토독 핸드폰 액정을 두드리고 있었기에 꾹 참았다. 몇 시간이 흐르고 현관문 밖으로 보편적인 출근 시간에 출근하는 이들의 인기척이 느껴질 때까지 그렇게 둘이서 버텼다.

아무리 꽐라가 되었어도 이때쯤이면 돌아와야 하는데, 싶은 생각이 마침내 든 것은 오전 열 시였다. 신고하자는 말을 묵살한 것이 자신이라 입장을 전환하기가 몹시 난처하긴 했으나, 소을이 이 시간까지 귀가하지 않는다면 정말로 심각하게 마셨으리란 사실을 아람은 알았다. 아람과 소을이 마지막으로 오전 열 시까지 술을 마신 건 삼 년 전이었고, 5차였는데, 4차 때 행방불명된 아람을 소을이 영등포 경찰서에서 찾아낸 직후 그 인근 콩나물국밥집에 드러누운 채 울며불며 벌인 화해의 술자리에서였다. 즉, 절대 안 취하는 소을이 돌아오지 않은 것은 무엇인가 문제가 생겼단 얘기였다.

"……신고, 어쩌면 해야 할지도?"

아람이 마침내 물었고 김석원은 벌떡 일어섰다. 그러나 그의 손이 핸드폰을 잡기 직전 갑자기 초인종이 울렸다. 김석원이 익숙하게 벽에 붙은 패드를 동작시켰고, 두 사람은 도니터에 뜬 얼굴을 함께 확인했다. 남자 둘이 서 있었다. 나이 든 쪽은 관리인 모자를 쓰고 있었고, 나머지 한 사람은 자기 키간 한 청소 도구를 든 채였다. 김석원이 문을 열었다. 관리인에게 인사를 하는 것을 보니 안면이 있는 듯했다. 하지만 관리인의 표정은 새파랗게 질려 있었다. 그리고 얼어버린 관리인 대신 청소부가 말했다.

"혹시 여기 구아람 씨가 계신가요?"

아람은 너무 놀라 대답하지 않았다. 개인정보가 이토록 중요한 시대에, 모르는 남자에게 자신이 구아람임을 밝히는 게 기꺼울 리 없었다. 그러나 김석원이 기다렸다는 듯 아아, 여기 이분이요, 하고 말했다. 저 새끼가……. 그함하며 김석원을 노려보는 아람을 잠깐 응시하던 청소부는 말했다.

"지하실에 같이 좀 내려가셔야겠습니다."

"왜요?"

아람의 물음에 그가 답했다.

"구아람 씨 이름이 지하실에 적혀 있길러요."

05

아람과 김석원은 그 두 남자를 따라 오피스텔의 지하 창고로 내려갔다. 아람은 지하 주차장에 올 일이 전혀 없어 존재조차 모르던 곳이었다.

그리고 거기, 청소용품이 빽빽이 늘어선 곳의 한복판, 피 웅덩이의 한가운데 소을이 엎어져 있었다. 오른손을 죽 뻗은 채로. 검지의 끝에는 이름 석 자가 쓰여 있었다.

구 아 람.

검게 변한 피로 적힌 글자를 보며 아람은 망연자실 서 있었다. 옆에서 김석원이 요란히도 흐느끼는 중이었다.

관리인은 여전히 얼어 있는 상태였고, 지껄이는 것은 청소부뿐이었다. 알고 보니 그는 이런 상황에 익숙한 듯했다. 도시의 이곳저곳을 청소하다 보면 수많은 사체를 만나게 된다나. 쥐, 고양이, 개, 비둘기 그리고 이따금 너구리, 그보다 빈도가 잦은 건 사람.

"정말로, 이런 일은 비일비재하게 많습니다. 전 이미 이번 달에 세 분 보내드렸거든요. 지저분한 추문과 신고 없이, 깔끔하게 정리해드렸습니다. 이번 건은 상황이 약간 복잡하긴 하지만……." 그는 아람 쪽을 바라보았다. "의뢰만 주신다면 마찬가지로 정리하겠습니다."

"정리요?"

"에, 정리하자견 어떤 분도 경찰서에 가지 않고 집값도 떨어지지 않으며 고인의 명예가 훼손되지 않도록 곱게 보내드리는 거죠. 그게 '정리'의 정의입니다만."

청소브는 말하더니 김석원 쪽으로 고개를 돌렸다.

"어떤 분도, 경찰서에 가지 않고요. 돌아가신 분이 이름을 남겼어도, 없던 일로 하고요."

그러고는 다시 아람 쪽으로 시선을 옮긴 채 말하는 것이었다.

"그러려면 소정의 페이가 필요합니다만."

*

 그러니까, 청소부의 증언에 따라 대충 상황을 정리하자면 이랬다.
 청소부는 청소용품을 가지러 간 지하실에서 소을의 시신을 발견했다. 영화에서 보던 다잉 메시지처럼 피 웅덩이 속 소을은 '구아람'이란 세 글자를 지하실 바닥에 남겼다. 청소부는 놀라지 않았다. 이런 일이야 도시에서 하루걸러 하루씩 있던 일이니까. 그는 경찰에 신고하는 대신 관리인을 찾아갔고, 이 사건을 없었던 일로, 그러니까 지하실에서 사망한 이를 안온한 침상에서 평화롭게 떠난 것으로 바꿀 것을 제의했다. 조건은 당연히 돈이었는데 관리인에게는 총액의 겨우 일 퍼센트만 청구될 예정이었다. 얼마죠? 관리인은 물었고 청소원은 끽해야 10만 원일 거라고 대답했다. 관리인은 당연히 찬성했다. 그리고 나머지 금액을 뜯어낼 대상은 그때그때 달라졌는데, 이번엔 아람이 주요 타깃이었다.

다잉 메시지처럼 남은 그 이름 때문에.

청소부는 아람이 소을을 죽였으며 김석원이 공범인 내 연남이라고 넘겨짚는 모양이었다. 그거야말로 최악이었다. 아니, 도대체 왜, 어떻게……

"저는 그런 양심 없는 인간이 아니에요. 미성년자랑 사귀는 짓 따윈 하지 않는다고요. 죽은 애랑 다르게."

아람의 항변에 청소부는 대답했다. 진실이야 제가 알 수 없지요, 라고.

"어쨌거나 경찰서에 가고 싶지 않으시면 지금 마련해주시지요. 몇 푼 안 됩니다, 어쨌든 아파트가 아니고 오피스텔이잖아요? 아파트였으면 두 배였을 겁니다."

"얼만데요?"

"1000만 원."

"예?"

그 말을 들은 관리인은 즉시 재킷 안주머니에서 낡은 지갑을 꺼냈다. 그러나 청소부가 제지했다. 나머지 구십구 퍼센트를 내야 할 사람이 아직 수긍하지 않았기 때문이었다.

1000만 원.

적다면 적은 금액이었다. 타살 가능성이 짙은 누군가의 죽음이 겨우 그 정도의 돈을 통해 자연적인 돌연사로 탈바꿈할 수 있단 뜻이었다. 그러나 동시에, 자신에게 그 정도의 돈이 없다는 데 아람의 생각이 미쳤다. 1000만 원은 콜센터 월급 반년 치를 웃돌았다. 그리고 쥐꼬리만 한 현금은 화재 이후 속옷을 사는 데 다 써버렸다. 집이 불타버리는 바람에 브라 한 짝 건질 수 없었던 탓이었다. 세상에, 브라는 뭐 그리 비싼지. 그냥 아마조네스들처럼 젖꼭지를 잘라버리고 싶을 지경이었다.

아람은 옆에서 질질 짜고 있는 김석원의 눈치를 보았다. 김석원은 소을의 연인이고, 따라서 당연히 신고를 원할 터였다. 김석원이 1000만 원의 지출에 동의하지 않으면 경찰이 올 것이고, 아마 아람은 잡혀 들어갈 게 분명했다. 이름이 떡하니 적혀 있으니. 알리바이가 있던가? 전혀. 김석원이 찾아오기 전까지는 소을의 집에서 혼자 뒹굴고 있었으니 자신을 변호할 방도는 하나도 없었다. 그 와중에도 아람의 대뇌 중 아주 작은 구석에서는 이런 생각을 했다. 감옥에서 주는 밥을 삼시세끼 먹으면, 돈은 안 나가지 않나……? 감옥에서 받는 직업훈련, 그건 공짜가 아닌가……? 감옥 가서 훈련받고 나와서 일거리 찾는 삶은 또 어떨까……?

그때 김석원이 갑자기 아람을 향해 고개를 돌려 중얼거렸다.

"……낼 거예요?"

뭐? 잘못 들었나 싶어 아람이 속으로 되묻던 찰나 그가 다시 물었다.

"1000만 원, 낼 돈이 있긴 하냐고요."

미친놈아, 네 여친이 죽었어! 아람은 소리치려 했으나 그 어린 연인이 당장 112를 누르지 않는 것에 땡큐를 외쳐야 하는 인간이 자신이라는 사실을 자각하고서는 우뚝 멈추었다. 1미터쯤 뒤에서 청소부가, 그럴 줄 알았다는 듯 은은한 미소를 짓고 있었다. 그러더니 종이 조각을 쓱 내밀었다. 커피 쿠폰이었다.

"거, 언제나 그랬듯 의견이 분분하신데요. 퀴퀴한 지하실에서 그러시지 마시고, 요 앞 상가 카페에서 해결을 보심이 어떨까요? 거기 커피 아주 맛이 좋습니다. 사장님도 친절하시고요. 아, 거기 가실 거라면 이거 가져가셔서 도장 좀 찍어주시죠. 저는 빠져 있을게요."

아람은 쿠폰을 내려다보았다. 도장이 거의 다 채워져 있었다.

*

아람과 김석원은 카페에 들어갔다. 아메리카노와 시그니처 커피의 차이가 겨우 1000원밖에 나지 않았으나 아람은 아메리카노를 주문했다. 김석원은 시그니처. 고소한 견과류 베이스 크림이 잔뜩 올라간 잔을 보며 아람은 침을 다셨다. 그러고도 일단은 한참을 침묵했으나, 못 참고 먼저 입을 연 것은 역시 아람이었다.

"너는 잘 모르겠지만 나, 진짜 가난해. 천은커녕 백도 힘들어. 일단 네가 먼저 내줘, 넌 집이 부자잖아. 내가 곧 갚을게. 각서 같은 것도 쓸 수 있어."

"저는 백. 그 이상은 못 내요."

"야, 웃기지 마. 유튜브 인플루언서가? 이 집에 살고 있는데? 해외여행을 그렇게 많이 가는데?"

"신고할까요?"

"……야."

"어쨌든 안 내요. 불만이면 바로 신고하는 걸로 가요. 저는 다 괜찮아요, 뭐든. 전 무죄니까. 알리바이도 있잖아요?"

"반반."

"그냥 신고해야겠네."

"네가 죽였구나?"

아람은 불쑥 물었다. 자신의 상식선에서 이해할 수 없었기 때문이었다. 여자 친구가 죽었고 다잉 메시지로 제삼자의 이름을 썼는데 어떻게 여기서 태연히 시그니처 커피를 마시며 흥정을 벌일 수가 있나? 그러나 김석원은 화살이 자신에게 돌아오자마자 버럭 화를 냈다. 나이도 어린 것이 싹바가지 없이……. 그래서 아람은 더 크게 소리를 질렀다.

"네가 죽인 게 아니면, 왜 신고를 안 하는데?"

애송이는 한 마디도 안 지려 들었다.

"나한테도 내 사정이 있는 거라고요!"

"어이가 없네, 애인이 죽었는데 묵인한다? 솔직히 말해. 네가 죽였지?"

"아 씨발 좋아요, 신고해, 신고하자고요. 누가 잡혀 들어

가는지. 다잉 메시지에 이름 적힌 사람이겠지."

김석원이 제 핸드폰을 들어 1, 1, 2를 눌렀다. 개새끼가! 아람은 손을 뻗어 김석원의 손목을 쥐었다. 그 와중에도 핸드폰을 낚아채려다 얼른 마음을 바꿨다. 아이폰 최신 모델, 고장이라도 나면 어떻게 보상해준단 말인가.

"야, 말로 하자고, 말로."

아람은 말하며 김석원을 노려보았다. 옆에서 요란한 재채기 소리가 났다. 카페 주인이었다.

06

 소을은 '자연히 돌연사'한 것으로 결론지어졌다. 소을의 가족은 최근 알코올성 치매로 요양병원에 들어갔다는 아버지―물론 돈이 아람의 기준으로 겁나 많은―와 여동생 하나가 다였다. 여동생은 미국인과 결혼해서 이민을 간 상태였고, 한국에 돌아가지는 않을 테니 알아서 장례를 치르라고 의사를 밝혔다. 아직 살아 있는 소을 아버지의 병원비는 그의 겁나 많은 돈으로 해결될 수 있을 터이니 자신이 챙기지 않아도 무방하다고 아람은 생각했다. 한 번 보지도 못한 친구의 아버지를 왜 챙겨야 하는가? 게

다가 그 친구는 자신을 버리고 외국으로 날아버릴 계획까지 짜고 있었다. 이제 와서 망자와 사이가 틀어진 것을 논하는 것이 미안하고 우습긴 했으나 아람은 분명히 기분이 단단히 상한 채였다.

그리고 더 급한 건 따로 있었다. 990만 원에서 100만 원을 뺀 890만 원. 왜 신고를 안 하느냐는 아람의 물음에 갑자기 일어나서는 핸드폰에 대고 112를 누르던 김석원을 다시 앉히기 위해 쓴 돈. 그 돈을 쓰기 위해 자신이 유일하게 들었던 적금을 깼다. 이제 가용할 수 있는 현금이 정말이지 땡전 한 푼 남아 있지 않았고, 콜센터 월급날까지는 25일이나 남았다. 스물아홉까지 어떻게든 연극을 하려고 발버둥 치고 맞이한 서른, 주머니 빈 상태로 이런 비극을 맞이할 줄이야.

그럼에도 월차를 내고 장례식에 왔다, 그것도 상주로.

아람은 빈소를 훑어보았다. 장례의 모든 절차는 김석원이 맡았다. 부고 문자 발송부터 상조업체 선정과 실무까지 전부 다. 그러나 대외적으로 김석원은 그저 조문객 중 하나일 뿐이었다. 상주 완장은 아람이 찼다. 아람도 부고 문자를 보내기는 했다, 소을과 대학을 함께 다닌 사람들에게. 그러나 지금 빈소를 채우고 있는 건 온통 부티 나는 어린애들과 그 부모들뿐이었다. '소울 카운슬러'의 고객이었던 사람들.

그리고 그 애들은 진심으로 섧게 울었다. 영정을 보며 통곡했고, 선생님 없이 내가 어떻게 사느냐고 울부짖었다. 그 모양을 보며 아람은 문득 질투했다. 내가 죽었을 때 저렇게 울어줄 사람이 있을까, 하는 생각이 들었다. 분명 하나도 없을 텐데. 마음이 자꾸만 심술궂어졌다. 소을이 살아생전에 너희들을 얼마나 멸시했는지, 술을 마실 때마다 너희의 면면을 하나하나 읊으며 얼마나 낄낄거리고 비웃었는지 말하고 싶었다. 자신을 어떻게 속이며 가난한 척을 했는지도. 그 충동을 참을 수 있었던 건 그저 빈소에서 망자를 헐뜯을 수 없다는 사회적 통념 때문이었다.

"소을 선생님께 가족도 없다는 거 우린 몰랐네요. 선생님께서 우리 희민이 살 수 있는 길로 이끌어주셨는데, 정작 선생님은 그런 처지에 계셨다니……."

어떤 학부모는 아람의 손을 잡고 흐느끼기도 했다. 아람은 그 손을 내려다보았다. 네일이 예쁘게 발린 그의 손과, 거스러미가 잔뜩 일어난 자신의 손을 비교했다. 희민이. 잘 아는 이름이었다. 재능 하나 없는데도 연기 학원 안 보내주면 죽어버리겠다면서 손목을 그었던 아이라고 소을은 신랄하게 비웃었다. 그리고 지금 빈소에 찾아온 희민은 명문 외고 이름이 적힌 과잠을 입고 있었다. 장례식장에서조차 벗기 싫은 상징. 그래, 그것이 그들의 '살 수 있음'인 것이다. 그러고 보니 '살다'란 단어의 정확한 정의가 뭘까. 아람은 궁금해졌다. 지금의 아람에게 '살다'는 그저…… 그저, 890만 원의 동의어일 뿐인데.

눈앞에 있는 희민은 생전의 소을이 이야기한 것과는 전혀 다른 아이처럼 보였다. 순한 양, 모범생. 딱 그거였다. 저런 애를 술자리의 조롱거리로 만들었던 소을이 너무하다 싶을 정도로 착해 보였다. 저런 애라면 나도 쉽게 상담해줄 수 있겠다, 심지어 뒷담화도 절대 하지 않을 거야, 아람은 생각하며 희민에게 손을 뻗어 눈물을 닦아주었다.

김석원의 친구란 남자애들 역시 대단히 간편한 관상을 갖추고 있었다. 김석원은 발인을 앞둔 밤 친구들과 함께 찾아왔다. 모두 '소울 카운슬러'에게 상담받았던 제자들이라고 했다. 아람은 그 애들의 진중한 표정과 슬퍼하는 눈빛을 보면서 자신이 십대 남자애들에 대해 어떤 선입견을 가지고 있었는지를 문득 깨달았다. 낄낄거리는 웃음과 쉬지 않고 터지는 욕설, 핸드폰을 접착제로 손에 발라둔 듯한 중독증, 성희롱과 여성혐오. 그러나 김석원의 친구들은, 그러니까 소을의 의뢰인들은 그렇지 않은 듯 보였다. 예의 바르게 절을 하고서는 앉아 침울한 얼굴로 육개장을 깨작거리는 중이었다.

마침 조문객이 뜸해질 시간이라 아람은 그 테이블에 앉아 인사를 했다. 아이들이 선뜻 자리를 내주었다. 얘들은 김석원과 소을이 그렇고 그런 사이였다는 걸 알까. 내가 그 사실을 슬쩍 드러내면 어떻게 될까. 상복 치맛자락을 부여잡고 앉으면서도 아람은 그게 궁금했다.

아이들은 화술에 대단히 능했다. 이런 게 바로 부유함에서 은은히 우러나오는 교양이란 건가, 아람은 생각하며 점점 대화에 빨려 들어갔다. 김석원도 고등학생으로는 보이지 않는 일종의 성숙함 혹은 매끈함을 가지고 있었는데 이 애들은 김석원보다도 한술 더 떴다. 저런 애라면 사귀어도 좋겠어, 라고 아람은 자기도 모르게 생각하다가 흠칫 놀라기도 했다.

"그런데 선생님께서는 소을 샘이랑 정말 이미지가 비슷

하시네요. 저는 모르고 만났다면 가족이라고 생각했을 거예요. 역시 닮은 사람끼리 친해지는 건지…….".

한 아이가 말했다. 그런가? 아람은 한 번도 그렇게 생각한 적이 없었다. 하지만 저들이 말하는 소을의 이미지가 '좋음' 쪽을 향해 있으므로 칭찬이라고 들으려 했다.

"저희, 다 소을 샘 덕에 개과천선한 애들이거든요. 저희끼린 사실 공통분모도 없었는데 그저 소을 샘한테 상담받았다는 이유로 뭉쳤고……. 근데 갑자기 샘이 이렇게 되시니까, 어찌해야 할 바를 모르겠어요."

가르침받은 대로 잘 살면 되죠. 아람은 대답했다. 그러자 그 애는 고개를 젓더니 말을 이었다.

"저야 이제 괜찮은데 제 동생이 문제예요. 저 닮아서 똑같이 망나니 짓을 하고 있거든요. 원래는 소을 샘이 봐주시기로 예약되어 있었는데 이제 그게 불가능해졌으니 이를 어쩌지 싶어요."

그러자 여기저기서 동감하는 증언이 터져 나왔다. 알고 봤더니 이들 중 김석원을 제외한 모두가 동생을 두고 있었으며, 그 동생들 전부가 소을에게 상담을 예약했다고 했다. 공교롭게도 하나같이 그 무섭다는 중2 시즌을 지나고 있었다.

소을 샘이 계셨어야 하는데.

소을 샘만이 컨트롤해줄 수 있는데.

소을 샘이 없으면 우리 동생들은 어떡하나.

소을 샘, 소을 샘, 소을 샘.

하늘이 내리신 소울 카운슬러.

차라리 경찰이라도 와서 그 테이블을 벗어날 수 있으면 좋으련만. 아람은 망자의 이름이 계속해서 되풀이되며 칭송받는 소리를 듣고 있어야 했다. 화장실에라도 갈까 싶어 일어나려 하면, 그 애들 중 하나가 얼른 아람에 대한 질문을 대단히 궁금해 죽겠다는 투로 던졌다. 그러면 대답을 하느라 다시 자리에 주저앉을 수밖에 없었다. 아람은 본디 그런 사람이었으니까. 아주 작은 주목으로도 행복해지는 사람…….

"……그런데 선생님은, 혹시 소을 샘이랑 어떻게 친구이신 거예요?"

김석원이 화장실에 간 사이 누군가 물었고 아람은 대학 동창이라고 말하려 했다. 그러나 갑자기 옆에 있던 아이가 조심스럽게 다시금 질문을 던졌다.

"혹시 같이 일하던 분이세요? 소을 샘 같은 카운슬러 샘, 더 아세요? 저희 동생들이요, 카운슬링 없으면 인생 망할 것 같은데 아무 카운슬러나 붙일 수는 없어서……. 혹시 아시면 추천 좀 부탁드리고 싶어서요."

*

소을의 유품 중에서는 가계부가 있었다. 대학 때는 자신이 직접 연출을 하면서도 단순한 경비 계산조차 제대로 하지 못하는 애였는데. 그래서 겨우 우정 탓에 시다바리 짓을 하던 아람을 쩔쩔매게 만들었으면서, 막상 사회인이 되고 자신이 직접 돈을 벌기 시작하자 그토록 주도면밀한 경제인이 되고야 말았다. 아니, 노력하면 그렇게 될 수 있었음에도 불구하고 대학 땐 그러지 않았던 게 분명하다고 아람은 이제야 생각했다. 아람이 마치 시녀처럼 다 처리해주었으니까.

아람은 자신에게 페이를 묻는 핸드폰 문자를 보고서는 마침내 소을의 가계부를 펼쳐 보았다. 그놈의 카운슬링이 시급 얼마짜린지 알아야 답을 할 수 있기 때문이었다. 이

전까지는 자신이 망자의 경제 상황을 멋대로 들여다본다는 것에 양심의 가책을 느꼈으나 지금은 어쩔 수 없었다. 아이들이 힘들어한다지 않나. 마음이 아파 죽고 싶어 하는 중2들이, 바른길로 인도해줄 선생님을 간절히 원한다는데 어찌 모른 척할 수 있단 말인가. 죽은 사람의 비밀스런 기록보단 산 사람의 남은 생이 더 중하지.

그리고 수입을 확인한 아람은 자기도 모르게 중얼거렸다. 와 씨, 미쳤네, 라고. 그리고 못내 억울해졌다. 난 지금껏 무슨 삽질을 한 건데? 나도 이런 일은 할 수 있었다고!

……어쩌면, 소을은 A대 연극영화과 nn학번의 최고 아웃풋일지도 몰랐다. 벌어들인 돈으로만 보자면.

07

이렇게 돈을 버는 방법도 세상엔 있었다.

소을이 어떤 식으로 '소울 카운슬러'가 되어 사기를 치기 시작했는지 아람은 지금껏 자세히는 몰랐다. 그저 흔한 심리상담가 정도라고 생각했었다. 이제야 알게 된 바로는 이랬다. 소을은 명문대 심리학과 석사 출신이라고 졸업장을 위조했다. 그러나 A대 연극영화과 실기 전형에 합격해 공부했었다는 경력도 숨기지는 않았다. 그러니까, 소을이 꾸며내어 연기한 캐릭터는, 남들이 선망하는 예술

대학교에 진학하였으나 현실의 벽에 부딪히고 예술의 허상에 새파랗게 질려 대학원에 가서는 진로를 바꾼, 다른 말로 하자면 '정신을 차려' 돌아온 탕아였다. 예술 하고 싶어 하는 8학군 아이들에게 그거 다 헛것이라고, 너는 지금 중2병과 예술가로서의 자질을 혼동하고 있다고, 예술은 네 인생 망하는 지름길이라고 자신의 경험을 통해 직접 말해주며 '올바른 길'로 고삐를 끌 수 있는 사람, 그게 바로 소을의 역할이었다. 늬들이 선망하는 A대에 떡하니 들어갔어도 현실은 시궁창이었다는 사실을 증언할 수 있는 당사자.

그런데 그거야 아람도 충분히 할 수 있는 일이었다! 물론 강남 출신이야 전혀 아니지만, 따지고 보면 소을도 석사 경력을 위조하지 않았던가. 아람은 기가 막혔다. 이런 좋은 자리가 있다면, 응당 친구였다면 함께 공유해야 했던 것 아닌가? 내가 콜센터에서 머리 쥐어뜯고 눈물을 흘리며 박봉을 받는 걸 빤히 알았으면서, 혼자 이리 쉽게 돈을 벌었다고? 방법을 공유해주지도 않고?

아람은 소을이 가계부에 적은 업자를 찾아가 석사 졸업장을 위조했다. 샘플로 주신 이 대학으로 할까요? 업자의 물음에 갑자기 괜한 충동이 생겨, 소을의 졸업장보다 조금 더 높은 레벨의 대학으로 바꾸었다. 소을의 유품인 명품 백 몇 개를 팔아 위조 비용을 충당했다. 진품인 A대 연극영화과 졸업장이야 주민센터에서도 쉬이 발급받을 수 있었다. 장례식장에 왔던 아이들의 학부모들과 몇 번의 미팅을 거쳤다. 콜센터 일에 비하면 너무나 쉬운 작업이었다. '선생님'이라는 호칭과 상냥하고 정중한 말투를 듣는 것이 이리 달콤할 수가. 왜 연기에서도 심리 쪽에서도 아직까지 유의미한 경력이 없느냐는 날카로운 질문이 간혹 들어올 때가 있었다. 그러면 솔직하게 대답했다. 모든 오디션에 낙방하고 이 나이 먹어서야 정신을 차려서요, 하고. 그러면 학부모들은 오히려 좋아했다. 일찍 노선을 틀어버린 소을보다는 극한까지 버텨보다 그만뒀다는 아람의 토로가—물론 거짓된 것이지만—그들 입장에서는 확실히 더 유용할 터였다.

'너, 서른이 될 때까지 저러고 살고 싶니?'라고 부모가 호통치곤 하는 대사의 '저러고'가 가리키는 모습을 아람은 연기해야 했다. 그리고 아뿔싸, 그 '저러고'는 별로 연기가 필요 없었다. 예술이란 허상에 끌려 A대에 진학한 것을 후회하는 건, 단연코 거짓이 아니었으니까.

*

 발인 직후 아람에게는 다섯 아이의 상담 의뢰가 들어왔다. 걔들에게 문화예술계의 현실에 대한 토로를 하자 모두 금세 '정신을 차렸다'. 빠르고 확실한 성과를 보이자 의뢰가 더 발생했다. 이번 아이들은 좀 강경한 듯 보였다. 그래서 아람은 현장학습을 제안했다. 연극계에서 가장 독특한 연출 방식으로 주목받는 연출가—물론 그는 넘치는 자의식 탓에 스스로 주연도 겸했다—의 연극을 보여준 후, 예술 뽕에 차서 저런 사람이 될 거라며 신이 난 아이들을 그 연출가의 집에 데려갔다. 넓고 깨끗한 공간에서 자란 아이들은 신들린 천재 같던 그 예술가가 얼마나 허름한 집에서 비루하게 살고 있는지를 확인한 후 기겁했고, 학부모의 목표는 완벽히 달성되었다. 물른 그 과정에서 아람은 연출가—소을과 아람의 대학 선배이자, 아람이 포기하고 소을에게 양보한 바로 그 사람이었다—의 고루한 플러팅을 견뎌내야만 했으나 콜센터 고객들의 성희롱보다야 훨씬 대응하기 쉬웠다. 그가 자신이 박물관에서 볼 수 있는, 버튼을 누르면 똑같은 일과 말을 반복하는 자동인형—"과거의 선조들은 이렇게 비좁고 더러운 곳에서 힘들게 살았습니다"—이라는 사실을 알아채지 못하는 한 쉬이 재활용할 수 있는 대상이기도 했다. 몇 명에게 연속으로 관람시켜도 문제가 없는 대상. 물론 선배는 철석같이, 자신이 향후 연극을 하고 싶어 하는 아이들에게 일종의 우상이 되고 있다는 환상에 빠져 있었다. 그래서 누굴 데려가도 환대했다. 뭐, 진실은 알지 못할 테니 누구도 상처받을 일은 없었다. 게다가 그 애들이야말로 객석의 몇 안 되는 유료 관객이 아닌가.

오오, 돈 많은 집의 예술병 걸린 중2들이여, 이렇게 사랑스러운 생명체들이 지구상에 또 있을까. 어느 순간 아람은 그 아이들을 진심으로 사랑하기 시작했다. 술에 꼴아서는 아이들을 비웃던 소을을 떠올리면 화가 치밀어 오를 지경이었다. 이토록 가엽고 안타까운 아이들을 어떻게 그딴 식으로 경멸할 수가! 물론 죽은 거야 안타깝다만 가난을 가장했던 것에 대한 분노는 쉬이 풀리지 않았고, 그런 심보로 살았으니 벌을 받은 거라고 아람은 자신도 모르게 생각하기 시작했다. 순수한 아이들은 소을의 본모습을 몰랐겠지. 그러니 장례식장에서 그렇게 눈물을 질질 짰을 터였다.

하루하루가 숨 막히게 바빴으나 힘든 건 하나도 없었다. 핸드폰에서 가장 많이 실행하는 건 은행 앱이 되었다. 예전에도 그러긴 했으나 이유가 달랐다. 지금은 계좌로 굴러 들어오는 돈을 매일 확인하기 위해서였다. 아람은 은행 앱의 알림음을 돈통 열리는 소리로 설정했다. 그 소리가 들릴 때마다 무언가가 입금되었다. 아아, 세상에, 충만한 행복이어라. 아람은 콜센터를 그만두었다. 그만두는 날, 선물을 샀다. 팀장을 제외한 모든 사원에게 수입산 구강청정제 세트를 돌렸다. 콜센터에서는 수많은 사람이 일을 그만두었으나 작별 선물을 돌린 사람은 단 한 명도 없었다. 아니, 실은 인사조차 하지 않았다. 아람의 선물이 최초였을 것이다. 아람은 상자를 하나하나 직접 전해주며, 눈앞에 있는 불행한 감정 쓰레기통들의 행복을 진심으로 빌었다 저 회사 사람에게 이런 거 처음 받아봐요, 라고 말하던 어린 스무 살짜리 신입—유독 팀장에게 욕을 많이 먹던 아이였다—에게는 다정한 어투로 다독였다. 먹고사느라 힘들어서 다들 예민한 거예요. 세상은 그렇게 나쁜 곳이 아니랍니다, 라고.

"뭐야, 취집이라도 해?"

묻는 팀장에게는 웃으면서 가운뎃손가락을 들어 올렸다. 그 장면을 본 누군가가 파티션에 숨어 낮게 휘파람을 부는 것을 들었다고 아람은 확신했고 영웅심리에 휩싸였다. 아주 작은 정의 실현이지. 아무렴 그렇고 말고. 책상에 있던 자신의 물품을 정리하니 커다란 박스가 하나 생겼다. 모양 빠지게 들고 가지 않고 퀵서비스를 불러 소을의 집으로 배달시켰다. 세입자가 상속자 없이 사망할 경우 전세금은 국가에 귀속된다지만, 그 절차는 B01호의 화재에 대한 일처리만큼이나 지지부진했다. 즉 아직 발등에 떨어질 불은 점화도 되지 않은 상태였다. 서울시 공무원들이 프랑스 파리지앵의 노동권을 장착했으면! 아람은 매일 기도했다. 그들이 불현듯 노동권에 대한 투쟁을 시작한다면 좋겠다! 데모를! 파업을! 노동자의 권리를 최대한 쟁취할 수 있도록! 나는 기다려줄 수 있는 모범시민이니까!

그리하여 이 스리룸 오피스텔에 계속 살 수 있도록!

상담 일이 끝나고 집에 돌아올 때마다 와인을 샀는데, 따는 법을 수십 컨 연습해도 잘 안 되서 결국 전동 오프너를 구입했다. 전혀 힘쓸 필요 없이 버튼만 누르면 코르크가 뿅! 하고 뽑히는 모습에 환호성을 질렀다. 소을의 찬장에 즐비하던 위스키도 하나씩 맛을 보았다. 라벨을 보고 인터넷에 품명을 검색한 후, 블로거들이 포스팅한 테이스팅 노트를 손으로 직접 필사하며 조금씩 술을 따라 음미했다. 음, 견과류 향. 으음, 초콜릿 향. 으으음, 피트 향. 술은 많고 배울 건 더 많았다. 게다가 비싼 술은 숙취도 없었다. 이런 술을 집에 두고 자신과는 매일 스주나 퍼마셨던 소을은 대체 얼마나 좀스러운 인간이었던 걸까. 이자카야에서 안주 몇 개에 도쿠리 사준다고 감읍했던 내가 우스꽝스러웠겠지. 집에 있는 술보다 몇 배는 저렴한 값으로 우월감을 사는 행위였을 터였다. 그런 인간은 되지 말아야지. 아람은 매일 밤 벌게진 얼굴로 생각했다. 더 나은 '인간성'의 인간이 되어야지, 하고.

그리고 그 모든 과정이 중단될 정도로 취하고 나면, 그때부터 김석원의 유튜브 계정을 염탐했다.

발인 이후로 김석원을 본 적도, 그의 연락을 받은 적도 없었다. 장례식장에서 직접 받은 그 친구들의 번호로 의뢰가 들어왔으니까. 또래 집단 사이에서 김석원은 '소울 카운슬러'의 유일한 실패작으로 여겨지는 모양이었다. 하기야 그렇지, 8학군에서 특목고를 자퇴하고 해외여행 유튜버를 하고 있다면. 김석원과 같은 테이블에서 육개장을 먹던 애들은, 김석원을 제외하고는 모두 지금은 한강 이남 명문고에서 최상위권을 달리고 있는 과거의 탕아였다. 그러니까 그들이 장례식에서 김석원을 끼워준 거나 마찬가지였다.

그럼에도 김석원은 자신의 책임을 지지 않으려 들었다. 1000만…… 아니, 890만 원. 아람이 영혼까지 끌어모아 다 지불하긴 했지만 그거야 일단 일처리를 깔끔하게 하기 위해서였고, 도의적으로는 당연히 김석원이 눈치껏 절반 정도를 나중에라도 갚아줘야 하는 게 맞다고 아람은 확신했다. 그런데 이렇게 모른 척한다고?

술을 마시지 않았을 땐, 그냥 내버려두자, 라는 마음이 컸다. 890만 원이야 카운슬러가 된 지금 기준으로도 상당한 돈이었으나 예전만큼 엄청난 무게감의 금액은 아니었다. 지금대로의 벌이만 유지한다면, 한 달만으로도 충분히 채우고도 남는 돈이니 미련을 버리자고 아람은 자신을 합리화했다. 서로 건드리지 않는다면 이대로 다시는 보지 않은 채 살 수 있을 거라고. 그리고 사실 아람이 원하는 바도 그것이 아니었던가. 현상 유지. 더는 사건이 일어나지 않는 것.

 그러나 술만 다시면 마음이 요상해졌다. 자꾸만 욱하는 감정이 올라왔다. 890만 원이라는 금액은 마치 동전 모양의 티슈 같아서, 술을 흡수하자마자 무럭무럭 팽창했다. 아까운 돈. 그 금액이 구멍 나지 않았더라면 누릴 수 있는 게 훨씬 많았을 터였다. 몇 병의 위스키와 몇백 벌의 속옷을 살 수 있는지. 참으로 얄궂은 일이었다. 분명 가난했던 시절에는 890만 원에 대해 절망적으로나마 체념할 수 있었는데, 막상 돈을 벌고 형편이 넉넉해지자 그 구멍이 미치도록 커 보였다. 과거의 아람이었다면 "가진 것들이 더하지"라고 시니컬하게 논평했을 터였다. 지금의 자신이 바로 그 '가진 것들'이 되어가는 중이라는 사실을 아람은 혼자서만 알아채지 못했다.

 개새끼. 아람은 취기에 마음을 맡길 때마다 이를 부득

부득 갈며 김석원을 떠올렸다. 개새끼, 유일한 실패작 주제에. 분명 구린 데가 있는데도 돈 한 푼 내지 않고 입을 싹 씻었단 말이지, 거지 같은 새끼.

게다가 '하드보일드 오지 여행 유튜버' 김석원은 이제 국내의 농어촌 탐험을 시작한 모양이었다. 같잖게도 무언가 깨달은 청년 행세를―"해외여행을 많이 하다가 문득 반성했어요. 국내에도 숨겨진 멋진 곳이 많은데 말이지요!"―하면서 말이다. 덕분에 팔로워는 더욱 늘었다. 소탈한 면이 호감이라나. 배낭을 멘 채 낙후된 버스터미널에 내려 농어촌 버스를 타고 굽이굽이 들어간 시골 동네에서 노인들을 구워삶는 것이 주된 콘텐츠였다. 노인들을 도와 밭을 매고 밥을 하고 경로당에선 재롱을 부렸다. 몸뻬 차림으로 춤을 추고는 용돈까지 받아냈다. 떠날 땐 언제나 노인들에게 영양제를 선물로 주며 오래오래 건강하시라고 덕담을 했는데, 그러면 노인들은 눈물을 훔쳤다. 그 영양제가 비타민계의 에르메스로 불리는 제품이란 사실을 언급한 댓글을 본 아람은 그 제품의 가격을 검색한 후 기함했다. 저걸 저렇게 퍼준다고?

무슨 돈으로?

바로 내 돈이겠지. 참으로 괘씸했다. 890만 원을 받아내고 싶어졌다. 아니, 아니다. 겨우 그따위 돈 때문이 아니라고 아람은 생각을 고쳐먹었다. 김석원을 뒤쫓아야 하는 이유는 자신의 개인적인 원한 때문이 절대 아니었다. 일단 가난을 체험 상품으로 여기는 태도 자체가 역겨웠으며. 가장 최근에 업로드된 영상은 가관이었다. 그 영상에 나온 노인은 김석원에게 중학교 3학년이라는 손녀를 소개했다. 이후 나온 손녀는 상당한 미소녀였으며, 김석원에게 호감을 가지는 듯 보였다. 김석원은 한술 더 떠, 그 여자애와 단둘이 산책을 나가서는 밭두렁에서 고백했다. 죽은 선생님을, 인생을 통틀어 자신을 가장 이해해줬던 참스승을 그리워하고 있다고. 그러자 여자애는 김석원을 안쓰러워하며 눈물을 흘렸고, 바로 그 장면을 김석원은 쇼츠로 만들어 업로드했다. 그리고 그 쇼츠의 조회수가 대폭발했다. 개놈 자식, 감히 죽은 사람을 팔아서 조회수를 벌어? 내야 할 돈도 안 낸 주제에? 아람은 자신이 행동을 개시하게 된 이유를 그것으로 확정 지었다. 자신 역시 죽은 사람을 팔아서 돈을 벌고 있다는 자각은 절대로 하지 않았다.

게다가 우연찮게도 그 영상에서 김석원이 머물고 있는 곳은 바로 아람의 고향이기도 했다.

08

"아, 저도 그 쇼츠 봤죠. 애인인 줄 알았는데 선생님이라고 해서 으잉?스러웠고. 사건 일어났을 때도 미심쩍었는데 그거 보고 확신이 들더라고요. 저 새끼가 죽였구나, 하고."

아람의 연락을 받은 청소부는 놀랍게도 아람이 자신을 다시 찾을 줄 예상했다고 말했다. 추문에 빠질 고인을 보호하기 위해 일단 돈을 내 장례를 치르고서는, 어느 정도 시간이 지난 후 다시금 진실을 찾기 위해 나서는 이들이 많다나. 그러한 의뢰인들만이 진정하게 고인을 생각하는 사람이라고 청소부는 말했고 아람도 동의하는 바였다. 그래, 이건 모두 소을을 위해서였다. 게다가 1000만 원을 받은 후에도 의심하는 마음에 차근차근 김석원의 뒤를 밟아왔다는 청소부의 고백이 아람을 만족스럽게 했다. 남이 봐도 그 새끼가 구린 게 틀림없었다. 그 새끼가 죽였을 거였다. 분명했다.

경찰에 뒤늦게 신고해 고초를 겪고 싶지 않다면 옵션은 하나뿐이라고 청소부는 설명했다. 자신과 함께 김석원을 찾아내 완전한 진상을 밝힌 후, 무고한 사람에게 돈을 내게 했으니 거한 이자와 고인을 능욕한 죗값까지 쳐서 크게 받아내고 끝내는 것.

"그럼 제가 이번에 드려야 할 페이는요?"

"착수금 오백. 성공 시 오백을 더 주시면 되고요."

생각보다 싸네. 아람은 생각하며 머리를 굴렸다. 마침 다음 날이 카운슬링 페이를 받는 때였다. 일단 지금 500만 원을 내고 청소부를 고용해 김석원을 몰아가기 시작한다, 그리고 궁지에 몰린 김석원에게 890만 원이 아니라 몇 배를 요구한다, 받으면 500만 원만 청소부에게 더 주면 된다……. 신고? 이젠 무섭지 않다. 어차피 구아람이라는 다잉 메시지 세 글자는 지워진 지 오래고 자신은 분명 결백하며, 두엇보다 최초 발견자이자 전문가인 청소부가 자신의 편이니까. 게다가 소을도 한을 풀 수 있을 테고. 친구 좋다는 게 뭐겠나.

의뢰는 성사돼었다.

착수 전 고인에게 반드시 인사를 해야 한다고 청소부는 말했다. 그래야만 고인의 혼이 사력을 다해 돕는다나. 죽은 이의 죽을힘이라니, 얼마나 막강할까 싶어 아람은 동의했다. 어차피 소을의 유골이 안치된 납골당은 멀지 않은 곳에 있어서, 카운슬링을 다니던 중간에 빠르게 다녀올 수 있었다.

청소부는 납골당에 가서 예를 갖춰 경건히 인사했다. 그리고 나와 아람과 캔으로 된 정종을 나눠 마셨다. 안주는 편의점 육포였다. 아람이 항상 사 먹고 싶어도 그럴 수 없었던 편의점의 최고급 안주. 모두 아람이 샀다. 이제 원 플러스 원 같은 것에 크게 연연하지 않을 수 있다는 것이 기뻤다.

"아무리 생각해도 그 유튜버가 죽였다는 것엔 정말 이의가 없어요. 애인이 죽었고 다잉 메시지처럼 남긴 이름이 있는데 신고 안 하고 묻었다? 말이 안 되죠."

청소부가 말할 때마다 정종 냄새가 났다. 아람이 되물었다.

"그쪽이 생각해도 그렇죠?"

"저뿐 아니라 아무것도 모르는 제삼자가 봐도 그럴 겁니다. 근데 궁금한 건, 동기예요. 동기를 알면 진상을 밝히는 것도 수월할 텐데. 고객님께선 혹시 짐작 가는 거 없으세요?"

짐작? 글쎄. 일단 소을은 생전에 따로 상속인을 지정하지 않았으므로 돈 문제는 아닐 것 같았다. 집도 그렇게 잘 살고 유튜브로 부수입도 짭짤히 올리는데 김석원이 그리 구질구질할 리가. 치정? 어쩌면 그럴지도 몰랐다. 소을이 외국으로 도망을 가지 않겠다고 했거나, 혹은 김석원이 마침내 실수를 인정하고 소을을 차려 들었는데 소을이 난리를 부렸거나. 아니면 또 무슨 이유가 있을까? 물론 반대의 경우로, 소을이 또 다른 어린 영혼을 연애 상대로 택한 후 김석원을 뻥 차버렸을지도……. 그러나 아람은 그 시나리오는 원치 않았다. 자신의 마음이 자꾸만 소을에게 박해진다는 것을 인정하고 싶지 않았고, 그 일그러진 사고를 청소부에게 들키고 싶지도 않았다. 청소부 앞에서 자신은 언제나 죽은 친구의 원한을 풀어줘야 하는 선량한 여자를 연기해야 했다. 아니, 연기가 아니지. 그게 나의 정체성이야. 아람은 믿어 의심치 않았다.

"잘 모르겠지만 그렇게 죽임을 당할 친구가 아니었다는 건 확실해요. 인성도 정말 좋았어요, 저를 자기 집에 아무 조건 없이 몇 날 며칠 재운 거 보면 아실 테고. 장례식장에는 소을이가 상담했던 아이들이 정말 많이 왔는데 다 철철 울더라고요. 그러니 동기는 제가 아니라 그 남자애 쪽에서 찾으셔야 할 거예요. 그 새끼, 집이 잘살아서 뭘 해도 잡혀 들어가지 않을 거라 확신했을지도 몰라요."

아람의 말에 청소부가 놀라운 말로 맞장구를 쳤다.

"그렇잖아도 제가 뒷조사도 좀 했는데요, 이 새끼, 뭐, 공교육 시스템이 마음에 들지 않아 자퇴했다고 허풍을 떨지만, 실은 학폭 때문이었다던데요."

"네?"

"모르셨어요? 학폭 징계 먹을 것 같으면 슬쩍 자퇴하는 애들이 부유층엔 종종 있다고 하더라고요. 외국에 유학 한 번 갔다 오면 싸악 세탁이 되니까. 이 새끼도 아마 집에서 유럽으로 도피성 유학을 보냈던 모양이죠? 그런데 거기 도착하자마자 갑자기 훌쩍 아프리카로 가버렸던 겁니다. 물론 유튜브에서는 그런 말 하나도 안 하고, 한국이 싫어서 아프리카로 떠난 거라고 신나게 지껄였지만요."

아람은 머리를 굴렸다. 자신이 지금 맡고 있는 아이들 중에서는 학폭의 피해자인 아이들이 몇 있었다. 오타쿠라고, 찐따라고, 음침하다고, 얼굴도 못생긴 주제에 연기하겠다고 설친다고. 그런 아이들이 얼마나 착한데! 얼마나 예의 바르고 상냥하며 '아람 샘'을 사랑하고, 그리고 얼마나 다디단 페이를 주는데! 아람은 주먹을 꼭 쥐었다. 정의감이 치솟았다.

"그런 새끼들은 공권력에 의탁해봤자 미꾸라지처럼 빠져나오겠죠. 그러니 호되게 금융 치료를 받는 게 나을 것 같네요."

절대 돈이 탐나서가 아니야. 아람은 생각했다. 더 빠르고 더 나은 정의 실현. 그게 자신이 하려는 것이었다.

아람은 청소부를 지그시 바라보았다. 청소부가 동의한다며 고개를 끄덕여주었다. 둘은 다시 정종 캔으로 건배를 했다. 아람의 뱃속에서 꼬르륵 소리가 났다.

형근

01

4수에 실패하고 현역 때보다도 못한 성적으로 경기도 모 대학의 물리학과에 입학한 형근이 입버릇처럼 하던 말은, 형이—혹은 오빠가—피를 못 봐서 의대에 못 갔어, 였다. 피만 보면 숨이 막혀서 결국 의대를 포기했어. 그러면 한참 어린 동생들은 귀를 후비적거렸다. 귀에 손이 가는 걸 막는 방법은 돈을 내는 것뿐이었다. 남자애들의 경우엔 술값, 여자애들은 밥값이나 영화값. 오빤 공부 안 해요? 형근이 영화표를 자주 사주던 여자애 하나가 중간고사 전날 약속을 퇴짜 놓으며 물었을 때 형근은 웃으면서 대답했었다. 오빠 그런 거 안 해도 돼…….

 그러다 어이쿠, 그만 졸업을 하지 못한 채 서른이 되었다. 제적을 당할 법한 성적이었으나, 가뜩이나 지원자가 적어 난리인 물리학과의 교수 그 누구도 등록금 낼 학생이 하나 사라지는 걸 원하지 않았기에 아직도 형근은 대학생이었다. 동기들은 진즉에 떠났고 캠퍼스에 돌아갈 용기는 나지 않았다. 8학군 사립고등학교에서 근무하는 아버지는 교감도 부장도 되지 못한 채 평교사로 정년을 앞두고 있었고, 같은 동네에서 어머니가 운영하던 유치원은 출산율 저하와 영어유치원의 광풍에 제대로 휩쓸려 결국 폐원하였다. 그리고 외동아들인 형근을 비롯한 세 가족은 마침내 나름대로 중산층이라 여겼던 자신들의 프라이드를, 혹은 안이함을 재조정해야 할 시기를 맞는 중이었다.

 평생을 일했는데 어떤 것도 성취하지 못한 채 어쩌면 일흔쯤엔 정말로 '가난'해질지도 모른다는 위기감에 사로잡힌 형근의 부모는 형근을 마구 몰아세우기 시작했다. 형근은 당황스러웠다. 지금껏 강남에서 살고 강남 아이들을 가르친 그들은 형근을 딱 상류층 아이처럼 키워왔다. 방학 때마다 어학연수를 보냈고, 친구를 사귈 때마다 그들의 집안을 파악해 합불 여부를 결정했으며, 근무지에서 귀동냥한 정보들을 수없이 활용했고, 의대만을 아들의 목표로 삼았다. 물론 의대에 못 가고 나서도 계속 중얼거렸다. 우리 애가 피를 못 봐서 참, 이라고. 공익 판정을 받았을 땐 파티를 벌이기도 했다.

이제 그 참부모는 온데간데없었다. 나가서 쿠팡이라도 뛰라며 일갈하는 부모의 등쌀에 못 이겨 정말로 쿠팡 허브에 갔다가 허리나 다쳐서 돌아온 형근은 그걸 빌미로 한의원이 다니며 또 푹 쉬었다. 침을 맞을 때마다 눈을 질끈 감으며, 제가 피를 못 봐요, 하고 중얼거리면서. 그러면 따라온 엄마가 옆에서 한의사에게 부언했다. 아이가 아무래도 평화주의자라서요. 피만 볼 수 있었다면 의대를 갈 아이였는데, 내가 참 아쉬워서……. 그러면 한의사는 서비스업자의 목소리로 적당히 맞장구를 쳐주는 것이었다.

아직도 엄마는 진심으로 그렇게 믿고 있을 터였다.
그러나 형근은 이제 피를 사랑했다.

형근이 청소 일을 시작한 것은 허리가 나아진 후였다.

집에 눌러앉아 있기엔 눈치가 보여 당근마켓 앱을 스크롤하다 '2030 청년 청소부'를 모집한다는 구인 광고를 발견했다. 게시물에 언급된 업주의 프로필에 흥미가 동했다. 업주는 마흔 살의 장발남으로, '청소부 L씨'라는 유튜브 계정을 운영하는 사람이기도 했다. 낮에는 빌라 청소를 하고, 밤에는 엘피판을 틀어놓고 위스키를 마시는 남자. 주중에는 먼지투성이가 되어 '노동 브이로그'를 올리고, 주말에는 불멍을 하며 '캠핑 브이로그'를 업데이트하는 남자. 저렇게만 살면 좋겠다고 형근은 생각했다. 얼마나 소탈하고 또 얼마나 낭만적인가! 부자도 아니면서 눈만 더럽게 높은 자기 부모들보다 백배 나은 삶이라고 생각했다. 도시의 더러운 것을 청소한다는 일종의 책임감도 꼭 봉사 정신을 증빙하는 것만 같았고, 무엇보다 '캠핑 브이로그'에서 슬쩍슬쩍 보인 옷과 운동화, 가방이나 용품의 로고는 모두 고가의 브랜드의 것이었다. 온실에서 애새끼들이나 가르치다가 쪽박 찰 위기에 처한 부모는 생각하지도 못할 삶이라고 형근은 판단했다.

첫날부터 형근과 업주는 사체를 발견했다. 중년 남자였고, 깨진 뒤통수가 피 웅덩이 한가운데 놓여 있었다. 업주는 별거 아니라는 표정을 한 채 장갑 낀 손으로 사체의 주머니를 뒤져 핸드폰과 명함을 꺼냈다. 그 두 개를 한참 만지작거리더니 누군가에게 전화를 걸었다. 놀랍게도 전화를 받은 이는 사체의 직장 상사였고 그는 즉시 달려왔다. 형근이 들을 수 없는 곳에서 둘이 한참을 꿍얼댄 후 업주는 형근에게 손짓했다. 사체를 별다른 흔적 없이 처리할 방법을 알려주겠단 거였다.

이렇게 쉽게 보내버려도 되나? 죽은 상태로 발견됐는데? 신고는 안 해도 되나? 업주가 시체 처리 과정을 보여주는 내내 지속되던 형근의 번민은 두 번에 걸쳐 깨졌다. 첫 번째는 업주가 실수인 척 슬쩍 보여준 은행 앱 화면을 통해서였다. 잔액의 0이 몇 개인지 셀 수 없었다. 두 번째는 그 망자의 장례식장에서였다. 모두가 침울한 표정을 연기하는 중이었으나, 또한 모두가 망자를 칭찬했다. 그 칭찬이 너무나 강력해서 오히려 그의 죽음을 모두가 환영한다는 인상을 받을 정도였다. 세상에, 골골거리며 한참을 고집부리다 기어이 죽은 이가 결코 들을 수 없는 애도와 고평가를, 어느 날 돌연사한 인간은 너무나 쉬이 들었다. 모두가 울어주었다. 그거야말로 진짜 애도 아닌가?

근데 왜 이 비결을 나에게 알려주지? 의문이 잠깐 들기도 했는데, 귀신같이 업주가 곧바로 이유를 말해주었다.

"사람이 너무 많이 죽는데, 그거 다 신고하고 경찰이 부르는 대로 다니다 보면 일할 시간이 없다. 더구나 청소할 데도 너무 많고. 그러니까 나한테는 직원이 필요하지."

그렇게 형근은 업주에게서 비법을 전수받았다. 업주는 첫날 봤던 것처럼, 주로 망자의 내막을 드러내고 싶어 하지 않는 이들을 대상으로 작업에 들어갔다. 한강 이남의 비싼 건물들은 그런 의미에서 참 신명나게 청소할 수 있는 곳들이었다. 업주는 가족이든 친구든 혹은 용의자든 간에 상대를 가리지 않았다. 온갖 건물의 관리인들은 업주를 양손 들고 환영했다. 그들은 대부분 은퇴 후 돈이 부족해 관리인으로 일하기 시작한 육칠십대 남자들이었고, 자신이 관리하고 있는 건물에서 골치 아픈 일이 벌어지는 걸 전혀 원하지 않았다.

다만 난관이 하나 있었는데, 자살한 것이 확실한 사람이 발견될 때였다. 망자가 사십대 이상일 경우엔 자살의 동기가 타인일 확률이 높았다. 그러나 이십대나 삼십대는 좀 달랐다. 많은 이들의 자살 동기는 탄생이었다. 자기 자신 그 자체가 이유였다. 그러니 그러한 죽음 앞에서 업주는 한숨을 쉬며 중얼거리곤 했다. 공쳤다고, 과연 누구에게 돈을 청구하겠느냐고. 그리고는 터벅터벅 관리 사무소로 향해 여기 죽은 사람이 있으니 신고하라고 말하는 것이었다.

그러나, 잠깐.

안정적으로 '영 포티'의 삶을 살고 있는 업주와 달리 이제 막 서른이 된 형근은 생각이 달랐다. 자신이 싫어서, 그러니까 아마도 우울증이나 기타 등등의 정신적 이유로 죽은 청년을 누가 가장 부끄러워하겠나? 형근은 그 답을 아주 잘 알고 있었다.

그것은 부모였다.

이삼십대까지 키운 아이가 외부적 요인 없이 자살했을 때 그 사실을 견디지 못할 사람들은, 부모였다. 확신하는 이유? 간단했다. 인간 구실을 못 하니 나가 죽으라고 매일 소리를 지르면서도 정말 나가 죽을까 봐 분리불안에 시달리는 강아지처럼 형근을 졸졸 쫓아다니던 이들이 자신의 부모였으니까.

그리고 그런 부모가 이 동네에 얼마나 많은지도 형근은 잘 알았다.

형근은 업주에게 이 판단을 알리지 않았다. 대신 마침맞게 죽은 여자 하나를 청소하다 발견했을 때, 처리하지 않고 경찰에 신고했다. 그러면서 슬쩍 경찰에게 일러바쳤다. 내용은 간단했다. 그런데요, 사체를 발견하고도 은폐하는 빌딩 청소부를 보았는데요, 참으로 수상합니다, 정도. 업주와 친밀하던 빌딩의 관리인들에게도 약간의 현찰―엄마의 장지갑과 가방을 몰래 팔았다―을 건넨 후였다. 돈이 좀 아까웠지만 투자의 일환이라고 여겼다. 그리고 형근의 판단은 맞아떨어졌다. 업주는 입건되어 조사를 받기 시작했다. 그리고 그 기간의 청소 일은 모두 형근에게 돌아갔다. 하필 또 곧 명절 연휴라, 외로워 혼자 죽은 이가 넘쳐났다. 잭팟이었다.

알고 보니 이 일이 세상에서 가장 좋은 직업이었다. 매일 몸을 움직이니 따로 운동을 하지 않아도 몸이 좋아졌다. 아랫배가 쏙 들어갔다. 의외로 사람들은, 멀쩡히 잘생긴 청년이 열심히 산다며 청소부로서의 형근을 응원했다. 5만 원짜리 팁을 주머니에 쓱 넣어주는 노인들도 많았다. 게다가 사람들은 비둘기보다도, 길고양이보다도 많이 죽었다. 그러면서도 미련은 어지간해서, 단서는 개가 오줌 싸는 것보다 더 활발히 남겼다. 형근은 즐거웠다. 이젠 피를 보면 환호성이 나왔다. 버는 돈으로 주식과 코인에도 조금씩 투자했는데 수익률이 꽤 좋았다. 그렇게 계속 승승장구할 수 있을 줄 알았다.

문제는 본질적인 곳에서 터졌다.

형근은 청소에 재능이 없었다.

02

　부모를 제외한 모든 사람에게 자신이 청소 일을 한다고 형근은 말할 수 있었다. 오히려 가끔은 우월감도 느끼곤 했다. 형근이 생각하는 '애매한 중산층'—자신의 부모처럼 깜냥도 안 되면서 보고 배운 것만 많은—의 자녀들은 주입당한 기준만 좇다가 별 볼 일 없는 인간이 되는 경우가 대다수였다. 허례허식을 버리고 직접 신성한 육체노동을 통해 자아를 실현하며 사회에 기여하는 사람이라고 주장하는 기분은 나쁘지 않았고, 만나는 사람들마다 붙잡고 내내 그 이야길 떠들어댔다.

그러나 문제는 형근의 업무 능력 그 자체에 있었다. 일단 형근은 평생 집안일이란 걸 한 적이 없었다. 청소업체에 취직하고 나서도 업주에게서 삿된 것만 사사한 채, 정작 청소 스킬을 배우는 것은 안중에도 없었으니 결과물이 엉망인 건 당연한 일이었다. 몇 번의 클레임이 쌓이고 몇 번을 잘렸다. 청소할 건물이 없으면 시체도 없는 법. 일거리가 점점 줄자 목구멍이 조여들었다. 숨이 잘 쉬어지지 않았고 잠을 잘 수 없었다.

하지만 청소하는 법을 배우고 싶지는 않았다. 남들과 다른 청년 청소부라는 타이틀은 좋지만 귀찮고 더러운 건 딱 질색이었으니까. 대신, 머리를 굴리기 시작했다. 이중, 삼중, 사중으로 돈을 받아낼 수 있는 거리가 없을까? 힌트는 의외로 저녁 밥상에서 나왔는데, 오랜만에 지인들을 만나 골프를 친 아버지의 말 때문이었다. 8학군에서 교사로 근무한 아버지가 기를 쓰고 수집한 지인들은 모두 아버지보다 훨씬 잘 벌고 아직도 쌩쌩하게 현직에 자리한 이들이었고, 아버지는 그들에게 목을 매면서도 분명한 자격지심을 가지고 있었다. 그래서인지 툭하면 그들의 치부를 가족들에게 마구 늘어놓곤 했다.

"거, 동석이 있지. 걔 막둥이 아들놈 때문에 골치가 이만 저만이 아니란다."

연극인가 뭔가 한다고 속 썩인 애요? 엄마가 되물었다.

"어, 그 새끼. 그래서 동석이 처가 젊은 엄마들한테 수소문을 했더니 요새 또 그런 애들만 전담으로 해서 정신 차리게 만드는 카운슬러가 또 있대요, 그래서 돈을 억수로 주고 부탁을 했다지?"

"그 집은 항상 돈이 썩어나는 것 같아요. 어디서 그런 돈이 나오는지. 애 특목고 보낸 것도 어이없었는데 말이에요. 교육부 장관 출신이면 좀 모범을 보여야 하는 거 아닌가. 근데 카운슬링도 한다고요?"

형근 역시—떨어졌지만— 그 특목고 시험을 봤었으며 4수를 하는 동안 입시 카운슬러에게 어마어마한 돈을 바친 바 있었으나 어머니는 그 사실을 모두 잊은 열정적으로 힐난했다.

"근데 그 카운슬러한테 상담받은 애들 중에서, 동석이 막둥이 새끼만 실패 케이스가 되었다는 거지. 돈은 환불도 안 해준다고 하고, 애새끼는 사고 치고 자퇴하더니 무슨 여행 유튜버를 한다고 지랄을 하고, 다른 학부모들은 지 자식한테 일어난 일 아니니까 입 싹 다물고, 네 자식이 잘못된 거라 어쩔 수 없다고만 한다나."

"그런데 사실 동석 씨네 막내가 어려서부터 좀 유별나긴 했어요, 그쵸?"

"그래서 노산은 안 된다 이거야. 그 새끼 결혼할 때도 내가 나이 든 여잔 안 된다고 그리 말렸는긔 굳이 연상을 만나서는."

"근데 가만 보견 그 집 부부는 참 멍청한 거 같아. 저번에도 보이스 피싱으로 얼마 날렸다고 하지 않았어요?"

"서울긔 나온 놈들이 꼭 그래, 자기가 옳다고 생각하면 뒤도 안 돌아보잖아. 멍청이들. 난 서울대는 돈 줘도 안 가."

아버지, 당신은 아들인 내가 서울대에 갈 수만 있다면 억만금을 바칠 수 있잖아요……. 형근은 생각했으나 침묵했다.

이어 언제나 그랬듯 저녁 식사 내내 아버지만 떠들어댔고, 그 덕에 형근은 그 카운슬러인지 뭔지에 대한 정보를 입 한 번 뻥끗 안 한 채 얻어냈다. 카운슬러란 여자는 8학군에서 초중고를 나오고 A대─문화예술계 쪽에서는 탑이라나. 그러나 그게 아니라면 형근의 기준으로 하급 대학에 불과한 곳이었다—연극영화과에 진학했으나 데뷔든 뭐든 아무것도 이루지 못한 낙오자였다. 그리고 뒤늦게 어느 심리학과 석사과정을 거쳐 학벌을 세탁하고서는 그 실패의 경험을 팔기 시작했다. 열심히 돈과 시간을 들여놨더니 갑자기 머리가 회까닥 돌아 예술을 하겠다고 날뛰기 시작한 십대들을 본궤도로 돌려놓는 일, 그리하여 그 애들이 응당 가야 할 '의치한약정경', 스카이, 혹은 특목고나 자사고에 보내는 일. 그게 그 여자의 직업이었다.

그래서 동석 부부가 그렇게 분노하는 거라고 아버지는 설명했다. 딴따라 출신 여자에게 자신이 간과 쓸개와 돈을 바쳤다는 사실에 펄펄 날뛰던 동석의 입에서는 '그년을 죽이고 싶다'라는 말까지 나왔단 거였다. 으음, 고객의 클레임을 그렇게 묵살하다니. 그야말로 사회악이 아닌가? 그딴 식으로 돈을 버는 또래 여자가 있단 사실에 형근은 기분이 나빴다. 자신이야 몸을 쓰지만 그년은 겨우 입을 나불거리는 걸로 돈을 벌고 있단 것 아닌가. 겨우 A대 출신 주제에.

그때 어머니가 말했다.

"어머, 근데 '죽이고 싶다'는 건 좀 너무하네요. 애 자체가 문제일 수도 있는데 왜 열심히 일한 카운슬러에게 그러는지……."

어머니는 형근이 4수에 실패했던 그날 식칼을 들고 입시 카운슬러를 찾아간 적이 있었다. 다 같이 죽자고 소리 지르며. 역시나 그 일을 잊은 듯했다. 그리고 아버지는 만면에 미소를 지으며 대답했다.

"그래 여보, 내가 진짜 재미있는 걸 일부러 숨겼어. 어? 하이라이트는 마지막에 나와야 하잖아?"

*

"자식은 몰라, 낳아준 부모가 얼마나 속속들이 다 아는지. 알면서도 얼마나 참아주는지."

아버지의 말이 자신을 겨냥한다는 명백한 사실을 형근은 모른 척했다. 발끈하지 않고 모른 척 인내함으로써 밥상이 엎어지지 않은 채 나머지 '하이라이트'를 들을 수 있었다. 그 여자가 실은 동석 부부의 아들과 그렇고 그런 사이이며 함께 도망갈 계획까지 세우고 있단 거였다. '순진한'—동석 부부의 워딩이었다—아들 덕에 둘의 관계며 계획을 다 알아챘으면서도 모르는 척하느라, 동시에 말도 안 되는 도주를 막을 방도를 찾을 수 없어 우울증에— 이미 부부의 아들은 유튜브를 통해 자신의 부모를 대학에 미친 속물로 몰아간 바 있었다. 부부는 그 유튜브 채널과 모든 영상을 몇 번이고 봤다고 했다, 마치 자해하듯이— 걸릴 지경이라고 했다. 무언가 행동을 하기에는 쪽이 너무나 팔린다는 거였다.

그렇다면야, 제가 도와드리죠.

형근은 청소업체의 페이스북 계정으로 로그인한 뒤 동석의 계정을 찾아냈다. 아버지와 동석 모두 페이스북을 중독자 수준으로 많이 하는 페친 사이였으므로 어려울 것은 전혀 없었다. 아니, 까다로운 점이 하나 있긴 했다. 거짓을 말해야 했기 때문이었다.

저희 업체가 청소하는 오피스텔 지하실에서 사체를 발견했는데 당신 아들의 연인인 듯하다, 사체는 여자고, 주머니 안에 당신 부부와 당신 아들의 신상이 적힌 유서가 있었다……. 그렇게 메시지를 보내자 답장은 바로 왔다.

'죽었다고요?'

'예.'

'저희 가족에겐 알리바이가 있어요.'

'저는 그쪽을 의심한다고 말씀드린 적이 없습니다만.'

형근은 휘파람을 불었다. 진짜 소을은 아직 죽지도 않았고, 심지어 언제 죽었는지 말도 않았는데 대뜸 알리바이라는 단어나 내뱉는 꼴을 보아하니 알 만했다. 얼씨구, 참으로 가련한지고.

'그래도 유서에서 성함이 나왔으니 경찰서에 출석은 하셔야 할 텐데요.'

경찰서. 그 말 한마디로 벌벌 떠는 게 교육자 나부랭이 출신들이란 사실을 형근은 잘 알았다. 아무래도 아버지 덕분이었겠지.

'……그래서, 어떻게 하면 된단 말씀이시죠?'

십 분 정도 후 답변이 돌아왔다. 형근은 더도 말고 덜도 말고 적절한 값을 불렀고, 입금은 쉬이 되었다. 저 부모는 정말로 아들을 믿지 못하는구나. 형근은 깨달았다. 서울대 출신들은 대단히 멍청하단 아버지의 말이 진짜였다, 겨우 이 정도에 속다니! 형근은 싱글벙글 웃었다. 얼굴도 모르는 컨설턴트 여자가 사실은 멀쩡히 살아 있다는 사실 정도야 알 바 아니었다. 여자가 아흔까지 오래오래 살아도 좋았다. 어차피 이 멍청한 부부는 절대 이 사기 행각을 경찰에 신고하지 못할 거였다. 무고한 여자가 죽었단 말에 좋다고 돈을 송금한 사실을 어떻게 진술할 거란 말인가? 이렇게 일이 쉽게 풀리다 보니 막상 돈을 받고 나자 조금 아쉽기도 했다. 더 받을걸, 하고.

이 돈으로 공부해서 의대에 가야지. 형근은 생각했다.

*

일주일 후, 김석원에게서 연락이 왔던 그때.

형근은 그 부모에게서 받았던 목돈을 코인에 넣었다가 다 탕진한 후 씨발, 을 되뇌며 잠원 한강 공원의 강물에 발을 담그던 중이었다.

03

"감방 가실 거면 가셔도 돼, 내 부모에게 사기 친 새끼 감방 넣는 브이로그 찍으면 조회수가 엄청나겠네."

어린놈의 새끼가 반말을 처하고……. 형근은 이를 부득부득 갈지 않기 위해 일부러 입을 벌려 헤벌쭉 웃었다. 김석원이 말을 이었다.

"하여간 멍청한 사람은 지능을 숨길 수 없다니까. 아저씨랑 아저씨 부모 욕을 우리 엄빠가 얼마나 많이 한 줄 알아요? 밥 먹을 때마다 남의 집 욕이 반찬인 건 어느 집이든 매한가지죠. 이렇게 만나 뵐 줄은 몰랐네, 반갑습니다."

김석원이 입은 가죽 재킷이 형근은 눈에 익었다. 갖고 싶었던 건데, 리셀가가 너무 높아 포기했던 모델이었다. 죽은 사람 몇 명만 더 발견하면 저걸 살 수 있게 될까 희망에 부풀어 계산하던 날들이 있었다. 지금 생각하니 억울해졌다. 나 왜 이렇게 가난해, 싶었다. 씨발. 이게 다 평교사밖에 못 한 아버지, 이 국제화 시대에 한국어로만 떠드는 구시대적 유치원을 고집한 어머니 탓이라고 형근은 생각했다.

그날, 잠원 한강 지구에서.

차가운 강물이 발목에 차오를 때 별안간 주머니 속 핸드폰이 진동했다. 형근은 핸드폰을 꺼냈다. 모르는 사람으로부터 DM이 와 있었다. 그리고 내용을 보는 순간 얼른 물에서 발을 빼 뛰쳐나갈 수밖에 없었다.

일어나지도 않은 일로 부모가 돈을 뺏겼다는 사실을 김석원이 어찌 이리 곧바로 알았는지는 불분명했다. 좌우지간 김석원은 청소업체의 계정을 찾아냈고, 사기죄로 신고하겠다며 윽박질렀다. 형근은 그 폭풍 같은 DM을 계속 씹고 싶었다. 그럴 수 있을 줄 알았다. 마지막 DM에, 자신의 실명 석 자가 또렷이 거론되지만 않았다면 가능했을 터였다.

마지막 DM에서 김석원은 물었다.

'피를 못 봐 의대 못 간 박형근 씨. 당신이 누군지 내가 모를 것 같아요?'

김석원은 형근의 정체를 알아내는 게 어찌나 손쉬운 일이었는지 자랑하듯 떠들었다. 그토록 소중한 네 애인이 어제 죽었다더라! 의기양양한 부모의 일갈에 어안이 벙벙해진―십 분 전 데이트를 마치고 돌아온 차였으니까―김석원은 거실 컴퓨터를 통해 쉬이 아버지 페이스북 계정에 접속했고, 청소업체가 아버지에게 보낸 DM을 발견했다. 어르신들은 아무래도 로그아웃이란 개념을 모르는 법이었다. 청소업체의 계정에 들어간 김석원은 몇 번의 클릭만으로도 업체를 누가 굴리고 있는지 알 수 있었다. 그럼 그렇지, 면식범의 사기임이 틀림없었다. 박형근이야 익히 들어 아는 이름이었단다. 부모가 저녁 밥상에서 툭하면 조롱하는 골프 모임 친구의 구제불능 아들. 우리 아들이 피를 못 봐서 의대를 안 갔어, 라는 형근 아버지의 말을 김석원의 아버지는 성대모사까지 해가며 낄낄 비웃었다고 했다. 그러고 보면 자신의 딴따라 기질은 아버지에게 물려받은 것이 다분한데 왜 안 된다고 난리법석인지 참으로 모를 일이긴 하다고 김석원은 여유롭게 사족까지 달았다.

우리 집에서도 네가 실패작으로 불린다고 형근은 발끈하고 싶었다. 그러나 자신의 같잖은 사기 행각을 상대가 꿰뚫고 있으니, 비굴한 표정으로 실실 웃는 것밖에는 방법이 없었다. 게다가 하필 저 가죽 재킷 때문에 더더욱 기가 죽었다. 씨발, 저거 진짜 가지고 싶었는데…….

"세 가지 옵션을 드리죠. 신고당할래요, 조용히 돈 돌려줄래요, 아니면 제가 하는 의뢰 하나 무상으로 해줄래요?"

뭐? 의뢰? 낙담하며 도망갈 구멍만 찾던 형근은 김석원의 말을 듣고서 고개를 번쩍 들었다. 신고하는 게 아니라 의뢰를 한다고? 사기 친 것도 이토록 간단히 묻힌다고?

형근은 의뢰의 내용을 물었고 김석원은 킬킬 웃더니 엉뚱한 질문이나 다시 던졌다. 솔직히 말해요. 피 볼 수 있죠? 의대, 어차피 공부 못 해서 못 간 거죠?

그게 그렇게 중요한가? 형근은 당연히 그렇다고 대답하려 했다. 그런 말도 안 되는 주장을 펼친 거, 그냥 다 부모에게서 주입당한 것뿐이라고. 그러나 솔직하게 답하려는 순간 이상하게 입이 떨어지지 않았다. 맞아요, 공부 못해서 못 간 거예요, 라는 그 단순한 문장이 나오지 않았다. 맞…… 공…… 못…… 몇 번을 더듬었으나 불가능했다. 참으로 이상한 일이었다. 대신 화가 났다. 나는 정말로 피를 못 봐서 의대에 안 간 건데, 물론 4수까진 안 됐지만 5수에선 확실히 가능했을 텐데, 왜 거짓말을 시키려 들지? 라고.

형근이 주저하자 김석원은 아이를 달래듯 느물거렸다. 자아, 그 말씀만 하면 돼요, 그 말만 하면 제가 의뢰 내용을 말씀드릴게요, 어려운 일 아니에요, 그러면 돈이 또 들어오는 거예요, 초등학교에도 안 간 애새끼조차 자기가 원하는 걸 가지기 위해서는 일보 후퇴를 할 줄 안답니다…… 마시멜로 실험이라고 모르세요? 지금 참으면 두 개를 먹는 거예요…….

"자, 다라 하세요. 나는 피를 잘 보지만 공부가 부족해서 의대에 못 갔다."

형근은 침을 꿀꺽 삼켰다. 김석원은 여유로워 보였다.

"으응. 얼른요. 나는, 피를 잘 보지만, 공부를 존나게 못

해서, 의대에, 못 갔다. 설마 마음의 준비가 필요하신 거예요? 그렇다면 일 분 드릴게요, 그 안에만 말씀하시면 돼요. 말씀 못 하시면 우리 이야긴 없던 걸로 하고요, 저는 신고할 거예요."

개새끼. 형근은 타이머 앱을 실행하고는 히죽대며 육성으로 초를 세는 김석원 앞에서 비로소 알게 되었다. 자신의 정체성은 오롯이 실패에만 뿌리를 두고 있었다는 것을. 수능 대박을 칠 뻔했던 사람, 의대에 갈 뻔했던 사람, 대학교에서 인기 많은 오빠가 될 뻔했던 사람, 실망한 부모를 청소부라는 남다른 수입원으로 멋들어지게 이길 뻔했던 사람. 자신은 그 '뻔'을 믿으며 살아오고 있었다. 원래는 '될 놈'이었으나 스스로 딱히 죽어라 매달리지 않아 '되지 않았다'라고 스스로에게 최면을 걸며, 그렇게 자위하던 인간이었다. 그걸 이제야 깨달았다.

"사십 초 지났어요."

개미떼가 사타구니 주변을 마구 지나는 듯 몹시 근지러워졌다. 형근은 체면도 없이 가랑이를 벅벅 긁었다. 오줌이 마려웠다. 씨발, 저 애새끼가 진짜……. 죽이고 싶어졌다. 내가 정말 피를 못 보나? 볼 수 있지 않나? 아주 필요한 상황이라면, 몹시 절실한 현장이라면…….

"오십 초 지났는데요, 오십오 초 전엔 말씀을 시작하셔야 일 분 안에 끝날 거예요."

그 여자. 형근은 생각했다. 이건 다 그 애인이라는 여자 때문이었다. 저 새끼가 이딴 식으로 자신의 목을 죄는 이유가 뭐 있겠는가. 애인의 심기를 거슬렀다 이거지. 자기 애인을 건드렸다는 것. 겨우 그 때문에 지금 자신에게 이런 수모를 겪게 하는 것이다.

그리고 오십팔 초쯤에, 형근은 김석원이 요구한 내용을 아주 빠르게 마치 랩을 하듯 읊었다. 그리고 그 말을 녹음한 김석원은 약속대로 의뢰를 맡겼다.

의뢰의 내용은 형근의 예상과는 정반대로 떨어져 있었다. 피를 아주 많이 볼 수 있는 의뢰였다. 게다가 자신이 그 피로 직접 적을 세 글자 이름의 주인에게 추가로 돈을 뜯을 수 있으니 응하지 않을 이유가 없었다.

"그러면 애인분이 사시는 오피스텔의 청소업체에 취직해야 하니 시간이 좀 걸리는데요."

형근이 말하자―의뢰 내용을 듣자마자 저절로 존댓말

이 나왔다―김석원은 귀를 후비며 대답했다.

"두 달 정도면 되겠어요? 저는 남미에 출장 갈 일이 있어서요."

김석원은 정소을의 살해를 의뢰했다.

*

김석원의 연인, 정소을은 조심성이 전혀 없었다. 있지도 않은 동생의 카운슬링 의뢰를 미끼로 형근은 정소을을 유인했다. 양주에 탄 수면제에 냅다 취한 그를 지하실로 이끌고, 머리를 둔기로 내려치고, 장갑 세 개를 겹쳐 낀 손으로 집은 정소을의 검지를 피 웅덩이에 집어넣었다가 빼낸 후 김석원이 알려준 이름 세 글자를 적었다. 구 아 람. 텔레그램으로 보낸 인증 숏을, 비행기를 타는 중이라던 김석원은 뒤늦게 확인했다. 그래, 남미에 다녀오신다고 했지. 형근은 김석원의 유튜브 채널을 구독한 후 업로드되는 영상을 모두 보았다. 개가 남미에서 여자들과 춤을 추고 있을 때 자신은 도둑놈처럼 여자를 따라다니며 술잔에 수면제 넣을 기회만 노리고 있었는데. 물론 정소을이 자신처럼 김석원의 브이로그를 끔꼼히 체크하며, 그의 남미 여행이 자신과의 도피를 위한 사전조사라고 철석같이 믿고 있단 걸 알았을 땐 대단히 웃기긴 했다. 그러나 동정심 같은 건 들지 않았다. 공부 안 하고 집의 돈이나 갉아먹으며 사는 딴따라 여자애 주제에 세 치 혀로 잘나가는 게 같잖았다.

비행기가 공항에 랜딩하자마자 데이터를 연결했다는 김석원은 여자가 누워 있는 현장 사진을 첨부한 형근의 메시지를 읽고서는 답을 보냈다. 'ㅎㅎ 형 이제 피 보실 수 있으니 내년엔 의대 가시겠네요.'

그래, 그렇잖아도 여자의 머리를 내리치며 생각하던 차였다. 그러니까, 어떠한 종류의 한계를 마침내 스스로 극복했다는 희열 같은 게 타격감과 동시에 온몸에 전달되었고, 이런 마음가짐이라면 이룰 수 없는 것 하나 없다는 자신감이 끓어올랐다. 게다가 이젠 신고 걱정도 없고, 더군다나 구아람이란 여자를 들쑤셔 돈을 또 받아낼 계획이니 부모에게 구차하게 손 벌리지 않고 입시 준비를 할 수 있을 터였다. 합격 이후를 상상하느라 머리가 바쁘게 돌아갔다. 지금이라도 뛰쳐나가 강남대성학원에 등록하고 싶었다. 이젠 정말 정신을 바짝 차리고 잘 해낼 수 있을 것 같았다.

*

 구아람과 김석원, 그리고 죄 없는 관리인이 건넨 도합 1000만 원을 순식간에 잃고서 다시 구아람을 찾아가게 될 줄 그때는 꿈에도 몰랐다. 강남대성엔 발도 들이지 못했다. 그저 한 달가량 농땡이를 피우며 하고 싶은 것 하고 사고 싶은 것 사다 보니 벌써 그리 되었다. 빈털터리가 되었지만 이번엔 강물에 발목을 담그지 않고, 돈 나올 구석을 먼저 샅샅이 탐색했다. 결론은 쉽게 나왔다. 자신에게 범죄를 저지르도록 시킨 장본인이 뻔뻔히 활개를 치고 있으니 그를 조지면 되는 거였다.

 동료가 될 수 있을 법한 사람도 빤히 존재했다. 분명, 구아람이란 세 글자 이름을 가진 그 여자가 도울 수 있을 터였다. 억울하잖나, 890만 원이 뉘 집 개 이름도 아니고. 심지어 집도 없어 친구 집에 얹혀사는 여자였으며, 친구가 죽었는데도 신고조차 하지 않은 인성의 소유자였다. 그 890만 원을 다시 받을 수 있다면, 혹은 그 돈을 내게 만든 새끼를 감방에 집어넣을 수만 있다면 자신과 다시 손을 잡는 것도 마다하지 않을 거라고 형근은 확신했다.

그리고 착수금을 받는다면 꼭 강남대성학원에 등록하리라 거듭 자기 자신에게 맹세했다. 의대 합격증을 받은 자신의 모습을 상상하며.

아람

01

 박형근에 대해 아람은 분명 오해 섞인 기대를 하고 있었다. 자신과 동갑인데 '무려 청소부'로 일한다는 것에 깊이 동감하면서, 자신과 비슷한 처지일 거라 지레짐작했다. 보호자로부터 아무런 재정적 지원을 받지 못했고 등록금 버느라 캠퍼스는 뒷전이었으며 관 같은 고시원에서 살며 빨래를 널 때마다 자리를 뺏긴 채 새우잠을 자야 했던 사람이겠지, 바로 나처럼, 하고 넘겨짚었다. 그래서 친해지고 싶었다. 정확히 말하자면 소을의 가난 연기에서 얻은 상처를 치유받길 원했다고 해야 할까. 나와 비슷한 사람이 나 하나뿐이 아니라는 감각을 아람은 원했다.

그러면서도 동시에 자신이 박형근보다 조금은 우월하다고 생각했다. 어쨌거나 지금 자신은 부잣집 애들에게 '선생님'이라 불리고, 돈도 쏠쏠하게 벌고 있으며, 서울 한복판에 위치한 방 세 개짜리 오피스텔에서 살고 있지 않은가. 콜센터에서 일하던 시절이었다면 박형근에게 이런 우월감을 가지지 못했을 거라는 자명한 사실을, 아람은 물론 부정하려 했으나 내심 알고 있었다. 그래서 일부러 더 박형근을 좋게 보려 노력했다. 본디 자애로운 마음은 넉넉한 처지에서 나오는 법이니까.

"근데 그럼, 김석원을 서울로 불러와요?"

"그거야 선택을 해야 됩니다. 서울로 유인할 건지, 아니면 김석원이 있는 곳으로 직접 내려갈지. 장단점이 있죠. 전자의 경우엔 시간이 훨씬 많이 걸릴 거고, 아예 안 올 수도 있고. 후자는 좀 더 빨리 해결될 거긴 한데 많이 귀찮고, 고객님이 여자분이시라 저랑 같이 가는 게 꺼려지실 거고."

뭐, 성별 차야 극복 가능했다. 나름 연극영화과에서 구르고 굴렀다. 커버도 없이 머리 모양으로 누레진 베개만 가득한 여인숙에서 남자애들과 혼숙한 적도 많았다. 게다가 곧 예술고등학교와 예술대학교 입시가 시작되는 시즌이었다. 허깨비 같은 꿈을 품은 자녀의 지원 자체를 원천봉쇄하려는 학부모들의 의뢰가 이미 쇄도하는 중이었다. 문화예술계라는 불지옥에 투신하려는 철푼이를 자식으로 둔 부자 부모들이 돈다발을 흔들며 울부짖고 있었다. 그 일들을 처리하는 와중에 김석원 건까지 신경 쓸 자신은 없었으니 본격적인 입시가 시작되기 전에 하루빨리 문제를 마무리 지어야 했다.

사기꾼 계신 곳으로 모시러 가죠. 아람은 대답한 후 물었다. 근데 걔 지금 어디 있는데요? 물론 이미 김석원의 유튜브 계정을 죽어라 염탐하고 있었기에 알고 있는 사항이었지만, 박형근 앞에서 애가 타는 것처럼 보이고 싶지 않아 모르는 척했다.

"어제 업로드로 보자면 경상남도 당롱리라는데요. 구독자한테 댓글 단 거 보니까 아직 거기인 것 같고."

"당롱리? 거기 제 고향이에요!"

*

한국 최남단의 당롱리. 그곳은 아직도 취집이 여자 인생에는 최고라 여기고 교육하는 이들이 일구는 던전이고, 아람이 태어나 열여섯까지의 세월을 꾸역꾸역 살아낸 곳이자, 잠에만 들면 꿈속에 나타나는 장소이기도 했다. 고향이자 동시에 감옥이기도 한 공간.

아람은 외조모의 집에서 자랐다. 유년기와 청소년기 당시 당롱리에서 가장 젊은 사람은 아람과 마흔 살 차이가 나는 청년 회장이었다. 그 외에는 없었다. 남편과 이혼하고 떠맡은 아이를 다시금 자기 엄마에게 내팽개친 아람의 모친은 드문드문 들르긴 했으나, 하루하루 쑥쑥 자라는 아람이 점점 귀여움을 잃어가면서는 발걸음이 뜸해졌다. 홀로 외손녀를 양육하게 된 아람의 외조모는 아람을 마치 소나 돼지 키우듯 했다. 대충 밥만 퍼줬다는 뜻이다. 어쩌면 그래서 아람이 가여움을 연기하는 법을 배웠을지도 모른다. 꼬질꼬질해진 채로 동네를 돌아다니며 사랑을 갈구하는 데 그것보다 나은 방법이 있었을까. 그리고 연기의 효과는 당초 예상보다 훨씬 좋았다. 열여섯 살이 되었을 때 청년 회장이 달려와 아람의 외조모에게, 요새 고등학교 안 보내면 큰일 납니다, 하고 일갈했으니까. 당연하게도 당롱리에는 고등학교가 없었기에 아람은 마침내 당롱리를 탈출할 수 있었다. 그전까지는 꿈이란 게 없었는데, 고등학교 연극부에 들어가 처음으로 미래를 꿈꾸었다.

연극영화과 입시 학원 같은 곳에 다녀본 적은 당연히 없었다. 연극부에서 활동해본 게 다였다. 그럼에도 아람은 수시에 정말로 운 좋게 합격했는데, 합격자 단톡 방에 들어간 첫날 입시 학원에 다닌 적이 없다는 대답을 순진하게 하고서는 바로 철저한 냉대를 겪었다. 모두가 아람을 천재라고 비꼬며 상대해주지 않았다. 그날부터 당롱리에서 두 시간을 가야 하는 입시 학원에 등록했다. 이미 합격했음에도 불구하고, 학원에서 무얼 배우는지 알바로 번 돈을 내고 익히기 시작했다. 그 결과 정시생까지 포함된 단톡 방에서는 모두의 대화에 자연스레 낄 수 있었다.

그때 아람은 깨달았다. 아아, 남들과 다르지 않은 것. 그것이 정말로 중요한 거였다, 심지어 예술대학에서조차. 비슷한 경험과 비슷한 위치라는 건 그토록 중요한 거였다. 동료가 저절로는 생기지 않는 것이 인생의 처참한 디

폴트이며, 처절해지지 않기를 원한다면 자신이 다수의 동료가 되도록 피나게 노력해야 하는 거였다. 그리고 그 노력은 돈을 좀 들여야 만들어질 수 있는 거였고. 자신을 자연스레 받아들이는 동기들의 전과 다른 호의에 아람은 안도했고, 연극영화과 내에서 고립된 삶을 살지 않기 위해서 갖가지 모양으로 최선을 다했다.

그게 어차피 무용한 것이었다고 누가 얘기해주었다면 조금 더 나았을까? 그래봤자 콜센터에나 취직할 거라고 예언해주었다면 예술 같은 거엔 발도 들이지 않았을까?

*

당롱리의 외조모는 이미 사망한 지 오래였으나 포털 로드뷰로 확인하니 그가 거주하던 비루한 주택은 공가가 되어 남아 있었다. 큰외삼촌과 작은외삼촌 둘이서 지치지도 않고 외조모의 코딱지만 한 유산에 대한 분쟁을 하고 있는 게 다행이었다. 그 분쟁 덕에 주택은 아직 안전지대였다. 쉬이 머물 수 있을 듯했다. 그러고 보면 어떤 부류의 싸움은, 누군가에겐 산소마스크가 되어주는 게 분명했다.

불씨가 타오르기 위한 것이지. 싸워라, 더 싸워.

아람은 운전석에 앉은 박형근에게 주소를 알려주었다. 박형근의 차는 '하'라는 번호판을 달고 있긴 해도 어쨌거나 외제 SUV였다. 남자들의 심리, 빤하지. 제아무리 의뢰인이라 한들, 좌우지간 외간 여자와 콧바람을 쐬러 가는 마당에 직무용 다마스를 몰고 싶지는 않았을 것이다. 게다가 아무래도 다마스보다는 외제차를 몰고 가는 게 당롱리 사람들을 구워삶는 것에도 이득일 수 있다. 아람은 그렇게 여겼다.

다행히 휴게소에서는 자신이 생각한 박형근의 이미지 그대로를 다시 볼 수 있었다. 핫도그 사 먹자는 자신의 말에 맛없을 것 같다며 괜히 관심 없는 척 구는 인간. 자존심 세우기는 개뿔, 운전석에서 내내 꼬르륵거리던 게 누구 배인데. 아람은 자신의 돈으로 두 개를 사서 하나를 건넸고, 걸신들린 듯 먹어 치우는 박형근을 보며 애잔해했다.

마침내 외갓집에 도달했을 때는 이미 땅거미가 져 있었다. 차에서 내린 아람은 스산한 마당을 바라보았다. 텅 빈 개집과 다 찢어진 비닐하우스, 아직도 냄새가 나는 닭장과 말라붙은 수돗가.

현관 층계 밑의 발깔개를 들췄다. 십 년 전과 똑같이 열쇠가 그 아래 있었다. 여기에 열쇠가 있단 걸 아는 이는 가족 중에서는 죽은 외조모와 자신밖에는 없었다. 대학에 입학한 후 한 번도 여기 오지 않았지만, 심지어 외조모의 임종조차 지키지 않았지만, 유산에 대한 분쟁이 어떤 방향으로든 결정 날 때까지 이 집의 그 어떤 것도 건드리려는 사람이 없을 거란 사실을 잘 알았다.

문을 열었다. 묵은 곰팡이 냄새가 훅 끼쳤다. 그래도 바닥은 깨끗했다. 군데군데 누군가 드나들며 최소한의 관리를 해준 자취가 남아 있었다. 아람이 여기 살 때에도 외조모와 친한 동네 사람들이 제 집처럼 드나들곤 했었다. 그들이 계속해서 집을 돌봐주고 있는 모양이었다. 참으로 눈물 나는 우정이 아닐 수 없다고 아람은 생각했다. 그러고 보면 외조모의 삶이 자신의 것보다 백배 나았다. 죽은 후에도 집을 돌봐주는 친구가 있으니 말이다.

수도꼭지를 돌려보았다. 조금 쿨럭거린다 싶었지만 곧 물이 쏟아지기 시작했다. 지하수를 끌어다 쓰는 동네 특성상 물 색이 좀 탁하긴 했다. 여기서 살 땐 몰랐고, 지금에야 비로소 보이는 것이었다. 아람은 얼굴을 조금 찌푸

렸으나 곧 애써 정신을 차렸다. 이십 년간 이 물 마시고 자랐지만 자신의 몸엔 정말이지 아무 이상 없었으니까.

안방으로 가서 장롱을 열어보았다. 이부자리가 그대로였다. 가장 작은 창고 방도 가보았다. 자신의 침실이었던 곳. 벽을 따라 담금주 유리병이 줄줄이 놓여 있었다. 외조모가 큰아들 주겠다고 열심히도 담그던 것들이었다. 그 옆엔 베지밀 박스가 가득 쌓여 있었다. 아마 큰아들이 효도랍시고 사놓은 것이겠지. 그 인간은 홍삼 한 번 사 올 줄을 몰랐다. 언제나 베지밀이었다.

아람은 베지밀 박스를 뜯어 종이 팩 하나를 꺼냈다. 빨대를 입에 물고 거실에 나가니 한가운데서 핸드폰을 들고 무언가를 열심히 검색하고 있는 박형근이 보였다. 살금살금 등 뒤로 가서 뭘 그렇게 뚫어져라 쳐다보고 있나, 슬쩍 핸드폰 화면을 확인했다.

숙박 앱이었다. 필터는 이랬다. '거리순' 그리고 '평점 8.0 이상'. 큰 백색 화면 위에 글자가 너울거렸다. '검색 결과가 없습니다.' 거기까지 확인한 아람은 그만 박형근의 어깨에 손을 올리고 말았다. 박형근이 깜짝 놀라 돌아보았다.

"왜요, 왜 다른 데 찾아봐요? 당롱리에서 자면서 김석원 찾기로 한 거 아니었나? 그리고 어차피 소용없어요, 여기 모텔 같은 게 어딨어. 한 20킬로미터 나가야 한두 군데 있을걸요?"

그래, 그 말을 할 때까지는 농담조였다. 아마 여자인 자신과 같이 자는 게 몹시 불편해서, 그래서 혼자 잘 곳을 찾아봤으리라고 아람은 넘겨짚었고, 좀 우습기도 했다. 이봐요, 나는 당신을 남자로도 안 보고, 나보다 키도 작고 찌질한 당신에게 위협을 느끼지도 않아요, 하고 말하고 싶었으나 참았다. 그러나 박형근의 표정을 다시 본 순간 그 방향의 사고 회로는 우뚝 멈추었다. 박형근의 얼굴은 새하얗게 질려 있었다. 낯빛만큼은 연기할 수 없다는 사실을 아람은 누구보다 잘 알고 있었다. 박형근은 정말로 이곳에서 자는 걸 두려워하고 있었다.

"……저, 혹시요. 여기서 잘 거예요, 정말로?"

"당연하죠. 왜요? 말했잖아요, 우리 뭐 어디 주거침입한 거 아니에요. 여기 우리 외할머니 집이라니까요? 내가 어렸을 때부터 되게 오래 산 데고요, 좀 낡긴 했지만 이 정도면 당롱리에서는 괜찮은 집인데? 물도 잘 나오고. 혹시 뭐, 귀신이라도 봤다면야 모르겠지만 그런 건 아니죠?"

 죽은 사람들을 문자 그대로 '묻어두는' 일종의 범죄로 먹고사는 인간이 주거침입에 양심의 가책을 느낄 리도, 한 트럭이나 되는 죽은 사람이 당통리까지 와서야 비로소 원혼 꼴을 하고 나타날까 두려워하는 것도 우스운 일이었다. 별꼴이야, 사내자식이. 아람은 생각하며 조금 의아해했다. 왜 이럴까? 하고.

02

 어차피 밤이 깊었으므로 본격적인 행동은 이튿날부터야 가능할 터였다. 아람은 큰맘 먹고 박형근에게 안방을 내줬다. 아무래도 손님이니까. 그런데 상대는 고맙단 말도 없이 쑥 방 안으로 들어가버렸다. 괜히 배려했다 싶어 아람은 입을 비쭉 내밀며 외조모의 이불을 한 아름 들고 창고 방으로 향했다. 어차피 자신은 그 방이 더 익숙했다. 외조모의 방은 아람이 갈 수 없는 금지구역이었다. 외조모는 가축처럼 키운 아람에게 칼같이 선을 그었는데, 그 예시 중 하나가 안방이었다. 뭐, 결국엔 아람이 거기서 외조모의 비상금을 몰래 빼가서는 대학에 등록했으니 따지고 보면 외조모가 관상을 얼추 괜찮게 파악한 것이기도 하겠지만……

유복한 집에서 태어났으면 그러지 않았을 거야. 내가 카운슬링 하는 애들처럼 아주 깍듯하고 예의 바르고 일탈이라곤 반나절의 가출밖에는 없는 사람이 되었을 거라고. 아람은 속으로 중얼거리며 벌러덩 드러누웠다. 유튜브 앱을 켜고 자연스레 김석원의 채널에 접속했다. 몇 번이고 본 브이로그들을 다시 차례차례 재생했다. 참으로 가증스럽지, 김석원은 가는 여행지마다 사람들과 아주 자연스레 동화되었고 제아쿠리 남루한 곳에서도 쿨쿨 잘만 묵었다. 분명 그 모습이 꼴 보기 싫다고 생각하고 싶었지만, 실은 자신도 모르게 인식할 수밖에 없었다.

돈 많은 애들이 모난 데 없이 착해, 라는 생각을 저절로 하고 있다는 사실을.

인정하자. A대에 진학하던 아람에겐 꿈이 있었다. 더 넓은 세상에서 더 많은 사람들을 만나겠다는 포부. 그러나 십 년이 지난 지금, 당롱리를 벗어난 아람이 만났던 이들은 연극영화과 동창들, 이런저런 연극으로 만난 이들과 또 그때 어울렸던 술집 사장님들 그리고 콜센터 고객과 직원들이 전부였다. 자연스레 아람의 간과 지갑을 득했던 술집 사장님들을 제외한다면 모두가 잔뜩 모나 있었고 아람에게 죽어라 상처를 주었다. 그러니 자신이 상담해주고 있는 아이들이 마치 부처처럼 느껴지는 것은 당연했다. 그 애들에겐, 이를테면, 교양과 배려라는 게 있었다. 가령……

"가령 이런 거."

아람은 재생 바의 중앙을 클릭하고서는 중얼거렸다. 소을을 혼자 두고 다녀온 남미, 화장실 없는 집에서도 잘 자고 잘 먹고 결국엔 사랑받던 김석원의 영상. 섬네일에는 큰 글씨로 적혀 있었다. '할머니/집에 화장실 없어도 돼요/한국 효손 될게요'.

자신에게서 890만 원을 갈취한 건 심판받아야 마땅하다만, 이런 면은 확실히 인간미 있었다. 영상 속 집의 상태는 지금 이 당롱리 주택보다도 일억 배쯤 나빴는데, 김석원은 전혀 내색하지 않았다. 땟국물이 절절 흐르는 매트리스 위에서도 잘만 잤다.

자꾸만 유튜브 영상 속 김석원과 박형근을 비교하게 되었다.

박형근이 가난하다면, 그럼에도 아람을 자신보다도 더 낮게 보는 것 같아 기분이 나빴다.

그럴 리야 없겠지만 박형근이 설마 부유하다면, 바로 그걸 빌미로 자신을 낮게 보는 게 분명해 더더욱 기분이 나빴다. 그런 인간을 동료로 데려와야 했다니. 어쩔 수 없는 일이긴 하지만.

아람은 담금주 병들을 바라보았다. 마음이 무겁고 뱃속이 허한 게, 딱 한 잔만 따라 마시면 좋아지겠다 싶었다. 아람이 살던 시절에도 툭하면 동네 사람들이 술을 마시러 놀러 오곤 했다. 마당에 불을 피워 개를 잡아 끓이고, 부어라 마셔라 한 후 마을의 유일한 아이였던 아람을 불러서는 춤과 노래를 시켰다. 내가 인마, 네 잠지까지 보면서 똥까지 다 치워준 아저씨야 인마! 그렇게 소리를 지르는 어른들의 앞에서 아람은 돈을 받고 춤과 노래를 했었다. 음, 그랬지. 그 담금주를 딱 한 번 맛본 적이 있었다. A대 실기를 보던 날. 그날 아람은 작은 페트병에 담금주를 담아 가서는 대기실에서 홀짝홀짝 마셨다. 그래서 실기를 어떻게 쳤는지 기억나지도 않았다…….

어쩌면 그날 이후 모든 게 내리막이었던 이유가 담금주를 마시지 않아서일지도 몰랐다.

아람은 육중한 병뚜껑에 손을 댔다가, 다시 내려놓았다. 잔이든 국자든 가지러 가려면 부엌으로 나가야 하는데, 그러면 안방에 있는 저 인간을 깨울지도 모른단 판단에서였다. 그 인간이 잠을 설치는 거야 알 바 아니지만 담금주를 나눠주기도 싫었고, 당롱리에 온 첫날부터 술 퍼마시는 여자로 보이는 것 또한 내키지 않는 일이었다. 그래서 그냥 눈을 감았다. 잠은 잘 오지 않았다.

*

다음 날 둘은 일어나 라면을 끓여 먹었다. 아람이 부엌 찬장에서 찾아낸 냄비와 국자, 수저 따위를 박형근은 매우 더럽다는 듯 엄지와 검지 끝만을 이용해서 아슬아슬하게 집었다. 설거지는 가위바위보로 하죠, 라는 아람의 제안에 응했으나 패하고 나서는 구차하게 머뭇거렸다.

"고무장갑 없어요?"

"그쪽 차에 있지 않다면 여기엔 없어요. 청소부면 가지고 있어야 하는 거 아니에요?"

"이거 세제예요?"

"…… 그게 세제처럼 보여요?"

딱 봐도 찌든 내 풀풀 나도록 산패한 들기름 통을 들고 있던 박형근이 시무룩한 표정으로 병을 내려놓았다. 그러고서는 한참 동안이나 두 손을 명치께 정도로 올린 채 부엌 안을 빙빙 돌았다. 아람은 팔짱을 낀 채 그의 행동을 바라보았다. 희미했던 의심이, 박형근이 도는 바퀴 수의 누적에 따라 점점 사실로 변해 선명해졌다.

저 사람은 일을 해본 적도, 할 줄도 모른다.

청소부는 개뿔. 아람은 비로소 자신이 지금껏 느끼고 있던 위화감이 어디서 기인하는 것인지 알게 되었다. 여태 속은 이유는 그저 소을의 시체 때문이겠지. 그 죽음이 판단력을 가렸던 게 분명했다.

"이게 찾으러 가죠? 김석원."

마침내 설거지를 끝냈다는 듯 수세미를 내려놓은 박형근이 말했다. 아람은 싱크대를 응시했다. 박형근은 수세미에 묻은 세제를 헹궈야 한다는 것, 설거지를 끝내면 싱크대의 물기를 닦아내야 한다는 사실조차 모르는 사람이었다.

아람은 일단 아무 말도 없지 않고 박형근을 따라 집을 나섰다. 같은 편이 아니라는 사실을 깨달았으니 조금 더 정신을 차려야 한다는 확신이 들었다. 전날 담금주를 입에 대지 않은 게 천만다행이었다. 안 그랬다면 열이 뻗쳐서 모든 일을 엎어버렸을지도 몰랐다. 일단은 자신의 의중을 숨긴 채 동태를 살펴야 했다. 같잖은 연기를 벌할 수 있다는 확신은 없었으나, 만약 기회가 온다면 시도하고 싶다는 마음은 확실해졌다.

03

 아마 대한민국의 시골 마을이 거진 그럴 텐데, 비밀이란 없고 모두 남의 이야기하길 참 좋아한다. 당롱리가 예외가 아니라는 건 누구보다 아람이 잘 알았고, 사돈의 팔촌쯤 되어 한 번도 본 적 없는 당롱리 이장이 자신의 신상을 모를 리 없다는 사실 역시 빤했다. 죽어라 키워놨더니 서울로 내빼서 할머니 돌아가실 때까지 연락도 않던 불효손쯤 되려나. 그래도 이장은 이장인지라 서울에서 '행차하신' 젊은이, 그러니까 박형근에겐 한없이 친절할 수밖에 없었다. 김석원에 대한 정보도 너무나 쉽게 술술 나왔다. 어디 머물고 있는지, 그 '현지인 여자애'와의 러브라인이 어디까지 진전되었는지. 이장의 수다는 곧 그 유튜브 방송을 보고 느낀 자신의 감상으로 이어졌고—한국 유튜브의 헤비 유저가 장년층이라는 말은 구라가 아니었다. 심지어 김석원은 제법 구독자를 가진 유튜버라는 이유로 마을의 신임을 이백 퍼센트 얻었다고 했다—그의 필리버스터를 끊지 못한 아람과 박형근은 이장의 입가에 허연 침이 말라붙을 때까지 기다렸다. 그러고는 한참을 기다려 마침내 본론을 뱉었다. 대사는 사전에 약속한 대로 박형근이 쳤는데, 이유는 간단했다. 제아무리 당롱리 출신이라 한들 어린 계집애의 말은 들은 척도 하지 않을 게 분명했으므로. 당롱리는 그런 곳이니까.

"사실은 그 유튜버가 사기꾼이에요. 돈을 떼어먹어서요, 저희가 찾아왔습니다. 잡으러."

혐의가 아니라 실제 범죄를 저질렀다고 확언하도록 미리 주문한 것은 아람이었다. 원래 장년층들이야말로 확답을, 누군가가 단정 지어주는 방향을 선호하니까. 아람은 외조모 덕에 그 사실을 아주 잘 알고 있었다. 아람의 말은 믿지도 않고 남이 이야기하는 아람만을 믿던 사람. 게다가 돈 얘기에는 모두가 민감하다. 특히, 이제 돈 벌 구석은 없는 연령층의 사람들일수록 더더욱.

역시나 이장은 화들짝 놀랐다.

"돈을 떼어먹었다고? 그럴 젊은이 같지는 않았는데……."

"당연히 사기꾼이 사기꾼이 아닌 척하죠, 그럼 사기꾼이라고 이마에 써 붙이고 다니겠습니까?"

"그렇기야 하지만……."

"왜 갑자기 마을에 나타나서 손주사위 역할을 하려고 드는지 궁금하지도 않으셨어요?"

"아니, 그야 유튜브를 해야 하니까……."

"하고많은 한국 시골 중에서 굳이 여길 왜 왔을까요? 오지 유튜버라고 해도 정도가 있지, 여긴 정말 메리트가 하나도 없잖아요? 풍경이 좋길 해요, 특이한 점이 있길 해요? 그림도 안 나오지, 서울에선 너무 멀고. 누가 그 유튜브 보고 여기 여행을 와요?"

이장은 눈썹을 치켜올리더니 이거 참 섭섭한 얘기네, 고향을 그렇게 비하하면 안 되지, 하고 아람에게 중얼거렸다. 아니, 비하한 건 저 새낀데 왜 화살은 나한테 돌려?

아람 139

아람은 발끈하려 했으나 이장이 아람의 말을 끊었다.

"그런데, 둘 중 누구 말을 믿어야 할지 참 모르겠네? 그 총각은 이미 여기 와서 인기가 자자해졌는데, 두 사람은 아직 우리에게 신뢰를 주지 못했잖아요?"

"이장님, 제가 당롱리 출신이에요."

"어엉, 알지. 키워준 외할머니 비상금 가지고 튄 다음 한 번을 안 온 후레자식인 것도 알고."

"……그건 제가 반성을 하는 바고요, 어쨌든 지금은 상황이 다르잖아요. 그럼 어르신들 사기당해서 돈 뜯기는 걸 가만히 보고만 있어요?"

그러니까, 신뢰를 주란 말이여. 그렇게 말하며 이장은 아람을 지그시 바라보았다. 그리고 그 눈빛에서 아람은 무언가를 읽어냈다. 기억 속에 묻혀 있던, 그러나 모를 수 없는 눈빛.

그것은 설 연휴 직후에만 나타나 짓곤 했던 엄마의 눈빛이었다.

엄마가 어디서 무얼 하는지 한 번도 아람은 안 적이 없었다. 그래도 엄마는 설 연휴가 끝난 다음 날에는 꼬박 꼬박 자신의 엄마를 보러 나타났다. 물론 엄마가 스스로 온 것은 아니었다. 언제나 외조모가 먼저 전화를 걸어 언제 오느냐 묻곤 했으니. 잠시 시끌벅적하던 당롱리가 가장 한산해지는 날인 그때를 고른 것은 외조모일까 엄마일까? 아니 둘 다일지도 몰랐다. 엄마는 서워 어둑한 밤에 경차를 몰고 도착했다. 아람은 거들떠보지도 않고, 외조모에게 맡겨놓은 것처럼 당당히 돈을 요구했다. 돈 없어야, 하고 외조모가 말하면 이를 꽉 깨물고서는 속삭이는 것이었다. 오는 게 있어야 가는 게 있지요, 세상에 공짜가 어딨어요? 출장을 부르셨으면 출장비를 주셔야지.

'오는 게 있어야 가는 게 있지'.

아람은 평생 그 말을 부인하는 방향으로, 즉 오는 거 없어도 옽심히 주려 노력했다. 처음엔 의도적이었다. 자신 역시 도망쳤고 그래서 엄마처럼 당롱리에서만큼은 공인된 후레자식이 되겠지만, A대에 합격한 이후 스스로 개척한—혹은 개척했다 믿었던—인간관계에서만큼은 엄마와 반대로 살리라 맹세했다. 그러면 사랑을 받을 줄 알았다. 그러나 남은 건 하나뿐인 친구였다, 그마저도 알고 보니 거짓말쟁이였던.

A대를 졸업한 후에는 의도적이 아니라, 어쩔 수 없는 흐름에 의해서 계속 그렇게 살았다. 이 경우엔, '오는 것' 자체가 없었다. 누구도 아람에게 무언가를 주지 않았다. 이 사회에서는 재화뿐 아니라 감정조차 모종의 사회적 원칙에 의한 교환의 수단이었고, 아람은 그걸 줄 필요가 있는 대상이 된 적이 전혀 없었다. 소을의 뒤를 이어 카운슬링을 하기 전까지는.

이장의 눈빛은 명백히 엄마의 그것이었다. 그러나 아람에겐 줄 것이 없었다. 줄 마음 또한 없었다. 박형근은? 시선을 돌려 괘씸한 동업자의 얼굴을 바라보자마자 아람은 속으로 탄식을 내뱉었다. 저 멍청이는 아무 생각이 없었다. 이장이 무얼 원하는지도 파악하지 못하는 듯했다.

아람은 머리를 굴렸다. 김석원이 당롱리 사람들을 구워삶을 때 쓴 '오는 것'은 아마도 권력일 터였다. 유튜버란 권력 그리고 곰살맞은 남자 청년이란 권력. 전자도 후자도 아람 일행에겐 불가능했다. 더군다나 박형근 저 새끼의 말버릇을 보아 하니 어르신들 심기나 거스르지 않으면 다행이었고. 그러니 다른 '오는 것'을 고안해내야만 했다.

이장은 아무나 하는 게 아니다. 어쨌든 감투이며, 제아무리 젊다더라도 온갖 노동을 감내하고라도 이장 같은 걸 하겠다고 나서는 이에게는 특징이 있을 게 분명했다. 아람은 주위를 둘러보았다. 이것이 만약 연극이었다면 이 캐릭터의 모습을 보여주기 위해 무슨 소품을 설정했을까.

카운슬링을 하면서 아람은, 아이들이 의도적으로 방에 자신이 가장 드러내고 싶어 하는 예술적 취향을 배치한다는 사실을 알게 되었다. 자신이 생각하는 가장 특이한 것, 그 누구도 알아채지 못할 듯한 소품을 무심한 척 배치해놓은 후 알아주기를 바라는 마음에서였다. 귀엽고 우스우면서도 자신의 어린 시절을 떠올리면 충분히 이해되는 바였다. 물론 남들과 자신은 다르다는 그 자존심을 깔아뭉개야만 하는 게 아람의 역할이지만, 본디 무언가를 자르기 위해서는 일단 목을 꼿꼿이 빼도록 유혹해야 하는 법이었다. 목이 짧으면 칼로 내려칠 곳도 없으니.

아람의 눈이 거실 한복판에 있는 액자 두 개에 머물렀다. 하나는 가족사진이었다. 이장의 이목구비를 빼다 박은 삼 형제가 통통한 아기들을 안고 있었다. 그들에겐 각각 판이한 얼굴의 부인들이 있었으나 이장에게만큼은 파트너가 없었다. 사별일까, 이혼일까?

아람 143

두 번째 사진은 어두운 조명 아래서 통기타를 연주하며 노래를 부르는 이장의 단독 숏이었다. 아아, 곧바로 잊고 있던 기억이 떠올랐다. 아람은 대학에 들어가 기타를 배운 적이 있었다. 소을이 연출한 극 중 하나에서 기타리스트인 조연을 맡은 탓이었다. 연주도 직접 해야 한다는 소을의 고집에 아람은 교내 기타 동아리에 위장 가입까지 했다. 알고 보니 좀 재능이 있었는데, 주연배우가 탈주해 극이 무산되는 바람에 그만두었다.

사진 속 이장은 운지법도, 메고 있는 기타 상태도 엉망진창이었다. 게다가 다시 보니 배경은 아람이 졸업한 당롱중학교의 지하 시청각실이었다. 그래, 이장은 같잖은 연주 실력을 뽐내고 싶어서 자신이 가진 알량한 권력을 휘두르는 사람이었다. 아마 교장과의 이해관계 때문에 시골 학교의 몇 안 되는 중학생들이 억지로 그의 노래를 들어야 했으리라······.

"이장님, 기타도 치세요? 여기선 무슨 곡 연주하신 거예요?"

아람은 물으며 덧붙였다.

"당롱리에서 기타 연주하시는 분은 난생처음 보는데

요? 신기하다, 대단하시네."

 그 질문은, '당롱리에 당신처럼 특별한 캐릭터가 없다는 주장을 펼치도록 돗자리를 깔아두었답니다'로 번역될 수 있는 것이었다.

 그게 잭팟이었을 줄은 몰랐다. 역시 얻어걸리는 게 장땡이었구.

04

나 참, 이런 경우가 다…….

아람은 속으로 생각하며 시청각실 안을 휘둘러보았다. 자신이 졸업할 때만 하더라도 기물 수준이 엉망진창이었는데. 커다란 마샬 앰프와 한 번도 두드리지 않은 것 같은 드럼세트를 한 번씩 손으로 훑은 아람은 이장과 소곤거리는 남자를 바라보았다. 학부모 회장이라는 사람이었다. 완벽한 서울 말씨를 쓰는.

"그러니까 결론은, 생기부에 넣을 수 있는 문화 체험 활동이면서 동시에 시간은 안 뺏기고, 일회성이고, 애들 기여도는 높은데 거기다 그놈의 물 흐리는 그 유튜버도 여기서 쫓아낼 수 있다, 이거죠?"

"아이고 그럼요, 일타 몇 피입니까."

"게다가 연극영화과 졸업하신 당롱중학교 동창분이 주도하시고요."

"당연하지요, 제가 업어 키운 아입니다. 믿으셔도 좋아요."

개뿔.

"A대요? 여긴 사실 인서울도 아닌데, 따지고 보면 거의 경기도지."

"뭐, 연극 그쪽에선 탑이라고 합니다."

"대학 장사 안 되니까 그런 학과에나 투자하겠지. 뭐 좋아요, 그렇잖아도 그 유튜버 나부랭이 때문에 골치가 아팠는데. 아니, 우리 애들이 정말 돌아 돌아 당롱리까지 왔는데, 저도 일 다 내팽개치고 그저 애들 보고 여기 처박혀 있는데 이 오지마저도 청정 구역이 아니면 어쩌냐고요. 예? 마을 관리를 해주셔야지. 어들 헛바람 들까 봐 제가 얼마나 노심초사하는지 아세요?"

"아이고, 그러니까 제가 얼른 수를 쓰려 하는 거지요."

당롱리가 유학의 메카가 되었다니, 당롱리 최고의 예술가라고 이장을 구워삶아 이 지하 시청각실에까지 오지 않았더라면 절대 알 수 없었을 사실이었다.

당롱중학교의 전교생 서른 명 중 스물다섯 명이 서울에서 유학을 온 아이들이라고 했다. 농어촌 전형인지 뭔지를 이용해 좋은 대학에 가기 위해 중학교 입학 때부터 주소지를 옮겨 미리 전학을 온 애들. 부모 없이 당롱리에 도착한 아이들은 하숙 전문 주택에서 '합숙'을 하며 오염 없는, 그러니까 다시 말해 이상한 데로 빠질 기회조차 주어지지 않을 정도로 가난한 당롱리를 장악했다. 뭘로? 어린 나이와 부모의 넘치는 돈으로.

그러다 김석원이란 유튜버 나부랭이가 등장하며 물이 잔뜩 흐려졌단 거였다. 학부모들은 가장 만만한 학부모 하나에게 학부모 회장이라는 직함을 준 후 긴급히 당롱리로 파견했다. 그러나 영 쉽지 않았다. 학부모들은 유튜브 영상에 악플을 달았으나 극성 맘 취급을 받으며 구독자들에게 쌍욕을 먹었고, 믿었던 당롱리 주민들은 알고 보니 심각한 수준의 유튜브 중독자라 구독자가 10만명이나 되는 유튜버의 강림에 누구 편을 들어야 할지 기준을 잃고

허우적댔다. 부모들에게는 낭패가 아닐 수 없었다. 그 유튜버는 마치 피리 부는 사나이처럼, 당롱리에 타의로 갇혀 무료해하던 중학생 쥐 떼들을 몰고 감히 입시 파멸의 길로 향하는 중이었다.

아람은 학부모 회장이 보여준 학부모 단톡 방의 열광적인 내용을 들여다보았다. 죽여요, 죽여. 그냥 있었어도 죽이고 싶었는데, 심지어 사기꾼이었어? 당장 쫓아내, 수단과 방법을 가리지 말고.

번득 아이디어가 떠올랐다.

*

아람과 박형근은 학부모 회장과 교장이 동석한 자리에서 특별한 창의즈 체험 활동을 제안했다. 프로그램의 이름은 '도전! 과학 탐정'이었다. 아이들은 학교 안에서 사체를 발견한다. 그 사건은 모교의 평안을 무너뜨릴 정도로 큰 것인데, 아이들은 서로의 이마를 맞대그 사건의 경위를 알아내야만 한다. 그 과정을 통해 이웃을 이해하고, 공동체 정신을 함양하며, 무엇보다 스스로의 관찰력과 논리를 통해 범인을 추리해야만 한다. 박형근은 자신을 과학 지식을 전할 수 있는 이공계 대학생이라 소개하며 덧붙였다. 피를 못 봐서 의대를 못 갔습니다, 라고.

이장과 교장, 학부모 회장만의 독단으로 급히 잡힌 행사라 준비 기간은 지극히 짧았다. 첫날엔 팔짱 낀 교사들에게 프로그램의 의의와 진행 과정을 설명했다. 교사들은 솔직했다.

"이거 하나 때문에 왜 우리가 시간표를 이리저리 옮겨야 하죠?"

두 번째 날엔 아이들을 만났다. 팀을 짜기 위해서였다. 수사에 팀이 왜 필요한가? 당연히, '협동심이 뛰어나며 타인의 말을 경청하고 논리적 판단하에 수용'한다는 내용을 생기부에 적기 위해선 팀전이 필수적이었다. 그리고 전교생이 모인 시청각실에서 아람은 누가 당롱리 아이고, 누가 아닌지 바로 알아볼 수 있었다. 두 무리는 최대한 멀리 떨어질 수 있는 자리 양극단에 서로 뭉쳐 있었다. 당롱리 현지 아이들 쪽은 겨우 다섯 명뿐이었다. 박형근은 아무 얘기 하지 않았는데도 유학파 쪽에 붙어 있는 중이었다.

"어차피 쟤네 생기부 때문에 이런 거 하는 거 아니에요?

우리가 왜 이걸 해야 되는데요?"

당롱긔 현지 무리 쪽으로 다가온 아람어 게 남자아이 하나가 물었다. 그 옆의 네 아이가 똑같은 눈으로 아람을 노려보고 있었다. 아아, 그 눈빛을 아람은 잘 알았다. 그 옛날 자신의 눈이었으니까. 말해주고 싶었다. 그런 눈으로는 삶을 잘 버텨낼 수 없어, 라고. 하지만 좌우지간 '왜 이걸 해야 하느냐'라는 질문에 답하는 게 먼저였다. 아이가 다시 말했다.

"이런 거 하면 피곤하기나 하다고요. 평소엔 자다가 집에 가면 되는데. 어차피 우리는 일찍 집에 가도 아무도 안 잡는다그요. 우리가 없는 게 쟤들 공부엔 더 좋으니까."

"일찍 집에 가던 뭘 하는데?"

아이들은 입을 꾹 다물었다. 한참 후 한 아이가 엉뚱한 질문을 했다. 진짜 당롱리 출신인데 서울로 대학 갔어요?

"뭐, 디충."

"근데 왜 여길 다시 왔어요? 여기 뭐가 있다고?"

사기꾼을 잡으러, 라는 말은 할 수 없으니 아람은 우물쭈물했다. 그러자 그 애가 다시 말했다.

"원래 고향 떠났다가 돌아오는 사람들은 망한 사람들이

잖아요. 돈 없는 사람들. 패배자들. 기분 나빠요? 나쁘시라고 하는 말이에요. 왜냐면 저희가 더 기분 나쁘니까. 구경거리가 되는 것도 하루이틀이지, 이거 프로그램 해주는 비용으로 얼마 받아요?"

"안 받아."

"그럼 이거 가지고 또 어디에 써먹으려고 하는 거예요? 이력서? 아님 유튜브? 또 얼마나 대단한 양반이 오셨나, 기대되어서 심장이 벌렁벌렁하다고요."

아이의 말에서 아람은 힌트를 찾아냈다.

"'유튜브?'"

"아아, 씨발. 무슨 유니세프 홍보 영상 애들처럼 세상천지에 얼굴 팔리고 있다고요. 가난의 순수를 체험하고 싶으면 혼자 존나게 단식투쟁이라도 하지, 씨발."

분명 이장과 학부모 회장은 모두 전교의 아이들이 그 유튜버에게 열광하고 있다고 말했다. 그러나 그들이 말하는 '전교생'은 어쩌면, 당롱리에 돈을 퍼다 주는 스물다섯 명의 유학생뿐인지도 몰랐다.

반감을 숨기지 않은 그 아이는 이른바 '하숙집'의 손자로, 아람이 알아보지 못했던 이유는 김석원의 영상에서는 내내 블러 처리되던 인물이었던 탓이었다.

아람은 그제야 기억해냈다. 김석원의 오지 여행 클립들에는 언제나 현지인 악역이 존재했다. 순수한 마음의 청소년 유튜버를 불신하고 모욕하는 사람들의 거친 행동을 김석원은 얼굴만 대강 블러 처리해 내보냈다. 그들에게 악플이 쏟아지든 말든 신경 쓰지 않았다.

당롱리 콘텐츠에서도 악역을 맡은 아이가 있었다. 김석원에게 하루 내내 욕을 내뱉는 당롱리의 '현지인 남중딩'. 그 아이가 세우고 있는 마음의 벽을 허물어 친해지는 것이 지금의 김석원이 매일 브이로그를 통해 시도하는 미션이었고, 구독자들은 아이를 욕하며 김석원을 열심히 응원하는 중이었다. 그 대상의 얼굴조차 알지 못한 채.

아람은 바닥만 쳐다보고 있는 아이의 얼굴을 응시했다. 시선이 부담스러운지 아이는 입술을 달싹거리며 알아들을 수 없는 말을 트덜댔다. 저쪽에서 와아, 하는 소리가 났다. 돌아보니 박형근의 커다란 목소리가 들렸다. 이제는, 정말 피를 볼 수 있고오! 그래서어, 의대도 갈 수 있고오!

박형근이 외쳤고 아이들이 다시 와아, 박수를 쳤다. 무슨 얘길 하는지 아람은 알 수 없었으나 적어도 그들끼리만 즐거워하고 있단 사실은 확실했다.

"씨발, 진짜 같잖아서."

아이가 다시 중얼거렸다. 아람은 팔짱을 끼었다. 물론 기분이 나쁜 거야 십분 이해할 수 있었다. 그러나 자신의 앞에서 계속 씨발, 씨발을 중얼거리는 게 꼴 보기 싫었다. 나를 무시하는 건가? 그렇게 생각하면 더욱 기분 나쁜 일이었다. 감히 너 따위가?

아람은 다시 유학생 무리를 바라보았다. 지금 내 나이가 서른, 당롱리에서 그중 절반인 십육 년 정도를 살았으니 따지고 보면 나도 이제 거의 외지인 아니야? 아람은 생각했다. 게다가 당롱리에서의 기억도 좋은 게 없으니. 매사 불만만 넘치는 당롱리 아이들 말고, 열심인 아이들과 지내고 싶어졌다. 저기 가서 박형근을 쫓아낸 후 교양 넘치고 예의 바른 아이들에게서 사랑을 받고 싶다는 생각이, 문득 들었다. 놀라운 일이었다. '매사 불만만 넘치는 당롱리 아이'가 자신이었음을 어느 순간 잊고야 말았으니까.

05

아람은 전교생을 모아놓고 프로그램에 대해 설명했다. 처음엔 반말을 했으나 교장이 바로 제지했다. 요새 누가 애들한테 반말을 합니까? 교장의 말에 아람은 속으로 생각했다. 내가 '현지 애'들과 있을 땐 신경도 쓰지 않았잖아요, 라고. 그러나 꾹 참고 브리핑을 이어갔다.

"〈크라임씬〉 같은 프로그램 봤지요? 그런 거예요. 누군가가 시체 역할을 하고 있고 서로가 용의자가 되는 거지요. 누가 범인인지를 찾고, 그 과정에서 여러분의 과학적 사고력과 추리력 그리고 대화와 협력을 통한 커뮤니케이

선 능력을 볼 수 있어요."

"배역은 어떻게 정해요?"

"원칙은 제비뽑기지만 혹시 원하는 진로가 있어요? 그렇다면 그쪽 직무로 변경해줄 수 있는데요."

"저는 의사요. 근데 얘도 의사고 쟤도 의사일 텐데, 다 의사면 어떻게 하는데요?"

아람이 개발새발 대충 고안한 시나리오에 의사 따위는 없었다. 한국에서 최고라 손꼽히는 어느 예술대학의 지하 극장에서 죽은 시체가 발견된다, 가 주어진 상황이었으니까. 그거 외엔 아무것도 상상할 수 없었다. 당롱중학교에 있는 거라곤 그놈의 이장이 돈 들여 새로 가꾼 시청각실 뿐인데, 무슨 놈의 의사고 나발이고 존재하겠는가? 아람이 급히 시나리오를 설명하자 아이들은 시무룩해졌다. 그러자 박형근이 말했다. 그렇다면 예술대학의 지하 극장이 아니라 '의과대학 연극 동아리'의 리허설로 배경을 변경하는 건 어떻겠니? 그러자 모두 찬성했다. 그러니까 정확히는, 유학생 스물다섯 명만 찬성했단 이야기였다.

아아, 한 방 먹었다! 아람은 속으로 생각했다. 박형근이 더 신뢰를 받을까 두려워졌다.

시체는 누가 연기해요? 물은 것은 예의 그 블러 처리된 남학생이었다. 교복 대신 껄렁하게 후드티만 입고 있는 그 애의 이름은 장민욱이었다. 나이는 열여섯.

"걍 제가 시체 할래요."

장민욱의 말에 아람은 고개를 저으며 말했다. 아니, 시체 역할 맡을 사람은 따로 있어.

"아 씨발, 나브다 더 이거 하기 싫은 사람이 또 있다고요? 좆 같네 정말, 그냥 했다 치고 가짜로 써요, 어차피 저 새끼들 때문에 하는 거잖아요, 우리랑은 상관없는 얘기라고."

옆에서 팔짱을 낀 채 보고 있던 교사 하나가 장민욱을 말리는 모션을 취했으나 별 의욕도 없는 연기임을 누구보다 아람이 잘 알았다. 전공자 가오가 있지, 아마추어의 연기에 속을쏘냐. 아람은 만면에 억지로 미소를 지은 채 장민욱에게 말했다.

"장담하지, 시작하면 재밌어질 거야. 조금만 참아주렴."

돈도 없고 싹수도 노란 놈, 하고 속으로 중얼거리면서.

'도전 과학 탐정'의 시작은 일주일 후로 잡혔고, 브리핑

이틀 뒤 아람은 눈이 벌게진 채 학생들에게 각자의 배역과 그에 따른 서사를 나누어주었다. 남은 며칠간 학생들은 자신이 맡은 배역의 기본 서사를 숙지해야 했다. 스물다섯 명의 의대생이 하나의 연극 동아리에서 활동한다는 대단히 어이없는 상황 설정에 누구도 토를 달지 않았다. 오히려 왜 청소부가 다섯 명이나 필요한 거냐고 묻는 사람이 있었다. 무슨 교과 선생이라나. 좀 젊은 사람이었다. 누가 봐도 외지에서 임용되어 온. 아람은 대답했다. 대학 배경이잖아요, 청소부가 얼마나 많겠어요?

"청소부 역을 하는 애들은 소외감이 들지 않을까요? 왜 그 애들은 청소부죠? 이유가 있나요?"

아람은 간단히 대답했다.

"본인들이 자청한 역할이에요. 물어보세요."

정확히는, 장민욱이 청소부를 택하자 나머지 넷 역시 장민욱을 따랐다고 말해야겠지만.

*

'도전! 과학 탐정'이 시작되기 전날, 외조모의 담금주

중 가장 때깔이 고운 병 하나를 들고 아람은 김석원이 머무는 집으로 향했다. 말이 병이지. 사실 새끼 전봇대라 불러도 무방할 정도의 사이즈였다. 안에는 굵직한 구렁이가 한 마리 들어 있었다. 훨씬 더 대중적인 재료로 만든 병도 충분히 많았으나 아무래도 자극적인 섬네일을 위해선 이게 맞겠지 싶었다. 구미가 몹시 당겨 거실로 나오지 않고는 배기지 못할 터였다, 오지를 전시하고 미개함을 판매하는 것에 미친 유튜버라면.

집에 도착해 거실에 앉았다. 빼꼼 열린 방문의 틈을 통해 아람은 장민욱의 웅크린 등을 볼 수 있었다. 이쪽을 슬금슬금 훔쳐보는 그 애의 눈과 시선이 마주쳤을 때 아람은 싱긋 웃었다. 그러자 그 애는 고개를 홱 돌렸다.

"나는 그쪽 할머니랑은 하나도 친하지 않았는데 이런 걸 다 가져오면, 참."

"알아요, 근데 그 사기꾼이 일단은 유튜버잖아요. 유튜브에서 이런 거 보여줘야 떡상도 되고, 마을에 사람도 돌고 하는 거 아니겠어요? 쫓아낼 땐 쫓아내더라도요."

아람은 바보가 아니었다. 이장을 통해 이미 들은 바가 있었다. 맞은편의 이 노인, 이 집의 주인이자 장민욱의 조모는 대단히 영악하고 능동적이었다. 유학생들이 처음으로 몰려들던 그때 어리둥절한 주민들과 달리 당롱리에서의 하숙 사업을 바로 시작한 사람이었다. 도시 아이들이 입 내밀지 않고 살 만큼 멀끔한 집들을 색출해내서는 그 집주인들을 설득하고, 모든 입금 내역을 자신이 관리하며 집주인들에게 배분했다. 그리고 출산율의 드라마틱한 감소로 유학생 수가 줄어드는 추세를 보이자 노인은 또 다른 방안을 연구하기 시작했다. 그리고, 지금으로서 가장 중점을 두고 있는 것은 가난의 판매였다. 그러니까 다시 말하자면, 가난의 콘텐츠적 상용화. 오지 여행을 굳이 갈 필요가 있나, 한국에도 많은데? 그는 생각했고 십대 하숙생들을 통해 괜찮은 여행 유튜버를 물색했다. 섭외 시도는 당연히 가장 유명하고 대중적인 유튜버에서부터 시작했고, 실패할 때마다 '레벨'은 천천히 내려갔다. 그러다 마침내 도달한 곳이 김석원이란 거였다. 김석원은 그다지 유명한 유튜버는 아니었으나 하숙생들은 그를 얼추 알고 있었다. 특목고를 그만두고 세계여행을 다니는 멋진 사이코. 그에 대해 선망과 두려움을 동시에 안고 있는 중학생 아이들을 자극하기 위해서는 여기로 불러오는 게 최선이라고 노인은 여겼고, 자신이 의도한 대로 당롱리는 들썩이고 있었다. 물론 그가 사기꾼이라는 아람 일행의 주장은 당황스러웠겠으나.

"그 유튜브에 나오는, 썸 타는 손녀분은 어디 계신 거예요……?"

"썸은 무슨. 손녀도 아니고. 그냥 알바비 받는 애여. 지금 또 그 유튜버랑 뭐 찍으러 갔는데……."

"썸 타는 게 아니라고요?"

"연기지 그럼 진짜겠나? 우리가 바보는 아니지. 단물 쏙 빨아먹고 튈 거 아는데."

씨발! 갑자기 작은방 구석에서 변성기 남학생의 고함이 터져 나왔다. 장민욱이었다. 씨발, 지랄하지 말라고요!

"그래, 내 손주 새끼가 그 여자애를 좋아하는 것 같데." 노인은 여상히 말했다.

작은방 쪽에서 우당탕 소리가 일더니 장민욱이 빠르게 튀어나왔다. 그러고는 두 주먹을 꼭 쥐고서는 볼썽사나운 표정을 한 채 자기 조모 앞에 서서는 으르렁댔다. 뭐라 말하는데 잘 이해되지는 않았고, 다만 절실한 마음만은 보는 이에게 명확히 전달되는 액션이었다. 아람은 그 앞에

다가섰다. 손을 들어 장민욱의 뻣뻣한 머리카락을 쓰다듬었다. 웃음이 나왔다. 이 정도의 정념을 가진 젊은 영혼이라면 연기를 못할 리 없으니, 어딘가 써먹으면 좋겠다 싶었다.

아람은 노인에게 학교에서 진행될 '도전! 과학 탐정'에 대해 설명한 후 김석원의 섭외에 도움을 달라고 요청했다. 물론 부담스럽겠으나, 이미 김석원과 라포를 쌓은 노인이 마을 아이들을 위한 프로그램을 제안하고 김석원이 응하는 모양새가 훨씬 좋을 것이라는 아람의 논리에 노인은 매우 수긍했다. 게다가 사실 김석원의 입장에서도 나쁠 것 없는 일이었다. 마을의 작은 학교에 대단한 이바지를 하는 기획 아닌가.

"서울 학교에서는 이런 거 안 하지? 전교생이 몇백 명일 텐데 어떻게 이런 걸 하나?"

노인의 물음에 아람은, 알지도 못하면서 고개를 빠르게 위아래로 움직였다. 절대 못 하죠, 이런 프로그램이 있단 거, 알려지면 당롱리로 애들이 미친 듯 이사하기 시작할 거예요. 돈이 엄청 돌겠죠. 와아, 신난다!

"유튜브 콘텐츠로도 엄청 좋죠. 오지 중학교 아이들이랑 특별한 프로그램에 참여하는 거잖아요. 이런 경험 처음이고 8학군이든 특목고든 이런 프로그램 해본 적 없다는 내용이랑 같이 당롱리 현지 애들 인터뷰 한두 개 따서 같이 편집하면 그림이 얼마나 좋겠어요?"

그럼 불러오지. 노인은 말하며 핸드폰을 들었다. 그러나 손가락을 한참 허공 위로만 배회하더니 장민욱을 불렀다. 민욱아, 석원이 형한테 전화 좀 걸어라, 야.

"형은 개뿔, 씨발."

"늬 아버지에게 보내버리기 전에 말 들어라."

아람의 가슴 한쪽이 뻐근해졌다. 늬 부모에게 보내버리기 전에. 아람 역시 외조모에게 똑같이 듣던 말이었다. 자신이 당롱리에 내려오면서 아주 조은 기대를 품었음을 아람은 그제야 알게 되었다. 김석원의 유튜브 영상에서 보이는 것처럼 평화로운 마을을, 손주를 사랑하는 다정한 노인을, 순박한 사람들을, 마치 순진한 서울 출신 외지인처럼 기대했음을. 그러나 자신이 자랄 때와 다를 바가 하나 없었다. 아니, 마을에 사랑이 넘치긴 했다. 그러나 그 사랑은 외지인들이 몰고 온 자본에 대한 사랑이지 마을에서 태어나고 자란 현지인에 대한 사랑은 결코 아니었다.

하지만, 아니, 그러므로 나는 이제 당롱리 사람이 아니야. 아람은 생각했다. 또한 소망했다.

형근

01

 형근은 오랜만에 몹시 신이 났다. 당롱리 '현지인' 다섯의 반항기가 영 심기를 거스르긴 했으나 어차피 중요한 이들은 아니라고 형근은 확신했다. 나머지 스물다섯 명은 자신을 좋아했다. 이미 형근에게 의대 입시 상담을 한 아이도 너덧이었다. 개중엔 아버지가 기업체 임원이거나 2, 3선을 한 국회의원인 애들도 있었다. 그 애들은 제 아버지의 명함을 제 것처럼 지갑에 들고 다녔다. 자신이 받은 명함에 적힌 전화번호를 형근은 모두 핸드폰에 저장해놓았다. 여차하면 써들 데가 있을 거였다.

학교에서 브리핑을 마친 후 안방에 돌아와 내내 뒹굴거리던 형근은 구아람의 연락을 받았다. 그가 찍은 좌표로 갔더니 이미 술판이 벌어지고 있었다. 구렁이 한 마리가 통째로 들어간 담금주 병을 본 형근의 눈이 커졌다. 저런 술은 서울에선 절대 볼 수 없을 거였다. 절대.

형근은 좌상 옆에 바짝 붙어 앉았다. 이야기 많이 들었다, 여기 있는 동안 우리 하숙생들에게 의대 입시 조언 많이 해달라, 하는 노인의 말에 고개를 주억거리며 잔을 든 손을 내밀었다. 묵직한 놋쇠 잔 위로 술이 콸콸 쏟아졌다. 용량 역시 소주잔의 두어 배는 될 듯했다.

맞은편의 구아람도 똑같은 놋쇠 잔을 들고 있었다. 그러나 술을 잘하지 못한다며 입술만 축였다. 여자애들은 저래서 문제야, 꼭 중요할 때 약해진다니까. 형근은 속으로 생각했다. 어차피 이 귀한 술을 나눠 먹을 입이 줄어드는 거야 감사했다. 21세기 한국에서 구렁이 담금주를 마셔보는 또래가 얼마나 있을까. 자신 말고는 없었으면 했다. 형근은 핸드폰을 꺼내 사진을 찍었다. 인스타그램 스토리에 업로드하고 이 분쯤 기다리다 조회한 사람 목록을 보았다. 생각보다 너무 적었다. 갈증이 올라 술을 더 마셨다.

그때 현관문이 열리는 소리가 났다. 돌아보니 여자애 하나가 들어섰다. 김석원의 유튜브에서 봤던 그 여자애였다. 썸 탄다던 애. 영상을 보면서도 반반하다고 생각은 했었는데 실물이 훨씬 나았다. 박형근은 허리를 곧추세웠다. 뭐라고 인사하면 좋을까? 아주 짧은 시간 동안에도 온갖 대사들이 머릿속을 스쳤다. 여기 와서 앉으라며 노인이 여자애를 부르자 더욱 기뻐졌고, 마침 그 자리가 자신의 옆이어서 의기양양해졌다. 노인이 자리를 그렇게 잡아준 것에는 이유가 있겠지 싶어서. 역시 사람 보는 눈 하나는 좋으시네, 생각했다.

그 뒤로 김석원이 들어섰는데도 쫄지 않은 것은 순전히 그 여자애 때문이었으리라. 잘 보이고 싶어서. 알파 메일의 힘을 보여주고 싶어서. 띠동갑이나 나이 차가 나는 애송이에게 쩔쩔매는 모습을 들키고 싶지 않아서.

"거, 서로 처음 보지? 인사들 좀 해요. 거 유튜버 총각, 여기 와서 앉아요. 여기, 우리 당롱중학교 위해서 오신 선생님들이신데, 인사 좀 하지."

노인이 말하며 끙차, 일어서서는 잔을 하나 더 가져오기 위해 부엌으로 향했다. 제가 가져올게요, 하고 구아람이 따라 일어섰다. 덕분에 형근은 김석원을 마주 볼 수 있게 되었다. 물론 여자애가 남아 있긴 했지만, 오히려 좋았다. 김석원이 여자애 눈치를 보지 않을 리 없었으니까.

"안녕하세요, 여행 유튜버시라면서요? 여기 와서 할머님한테 이야기 듣고 영상 찾아봤어요. 인생을 바꾸게 해주셨던 선생님이 돌아가셨단 영상을 제일 먼저 봤네요. 고인의 명복을 빕니다."

여차하면 불어버릴 테니 조심해, 라는 메시지를 담아 던진 대사였다. 구아람이었다면 기겁했을지 몰랐다. 개연성도 없고 엉뚱하니까. 그러나 형근에게 그런 감각은 전무하다시피 했다. 그런 감각이 조금이라도 있었다면 피를 못 봐서 의대에 안 간 거라는 말을 십 년째 하고 있진 않았을 터였다.

김석원은 가증스럽게도 슬픈 표정을 짓더니, 감사합니다, 라고 대답했다. 여자애의 왼쪽은 노인의 자리였고 오른쪽은 형근이 차지하고 있었으므로, 잠시 어디 앉아야 할지 고민하는 듯하더니 여자애의 맞은편을 택했다. 곧 노인이 돌아와 김석원과 여자애에게 잔을 내밀었다. 김석원은 미성년자인데, 형근은 생각하면서 주머니 속 핸드폰을 만지작거렸다. 김석원의 음주 장면을 남길 수 있다면 좋겠다 싶어서 골래 사진을 찍었다. 아주 작은 꼬투리라도 나중에 써먹을 수 있을지 몰랐다.

또다시 술판이 벌어졌다. 잔을 받아 마실 때마다 주머니 속에서 핸드폰이 윙윙, 진동했다. 인스타그램 스토리에 대한 반응들이었다. 인간들이, 게을러빠져서는 이제야 확인을 하고…… 형근은 좌상 밑으로 핸드폰을 꺼내 연신 알림을 확인했다. 예상보다 훨씬 열광적이었다. 하트가 몇 개야, 형근은 생각했다. 심지어 DM도 하나 왔다. 청소업체 계정이 아닌 본인 계정으로의 DM은 백만 년 만이었다.

'오 느낌있네 ㄷㄷ 디임? 노포임? 좌표 좀'

자신에게 한 번도 DM을 보낸 적 없던 계정이었다. 이게 누구였지? 프로필을 눌러보니 아버지 친구의 아들이었다. 형근과는 한 서너 번 정도 봤을까. 출신 고교와 대학교, 근무지인 대형 병원명까지 프로필에 영어로 적어놓은 녀석의 팔로워는 네 자릿수였고 피드는 이른바 '노포 맛집' 탐방으로 가득 차 있었다.

너같이 배때지에 기름 낀 놈이 올 수 있는 데가 아니야.

형근은 생각하며 메시지를 썹었다. 돌이켜보니 DM을 썹은 것도 정말이지 오랜만이었다. 보통은 그 누구의 어떤 반응에라도 목을 매며 일 분 안에 바로 답장하곤 했으니까. 기분이 몹시 고양되었다. 술이 쭉쭉 들어갔다.

······오빠는 그럼 궁극적인 목표가 뭐예요?

깜박, 눈을 감았다 떴더니 예의 그 반반한 여자애가 묻고 있었다. 뭐지, 내가 무슨 말을 하고 있었더라. 입에서 단내가 나고 입술이 쩍쩍 들러붙는 걸 보니 무언가 떠들고 있었던 건 분명한데. 의아해하는 형근에게 여자애가 다시금 반짝거리는 미소를 지으며 더욱 천천히 물었다. 중요한 점을 반복해 말해주는 선생처럼. 그러나 취기 때문인지 문장이 자꾸만 띄엄띄엄 들렸다.

"의대 갈······ 피······ 다른 것 뭐······ 와서 뭘 하고 계신······."

아아, 그렇지! 의대 이야길 하고 있던 모양이었다. 형근은 빙긋 미소 지었다. 김석원의 유튜브에서 봤던 이 애는 대입에는 딱히 관심이 없다고 이미 밝힌 바 있었다. 그러니 의대 이야길 묻는 건 정말로 선망 어린 관심에서 나온 행동이리라. 다른 유학생들처럼 자신에게 필요한 정보를 얻어 가는 것이 아니라. 참으로 순수한 아이가 아닐 수 없었다.

형근은 입을 열었다. 그러나 자신이 뭐라고 이야기하는지 역시 잘 들리지 않았다. 왕왕, 귀에서 이명이 들렸다. 여자애가 연신 고개를 끄덕이며 웃고 있으니 내가 재미있는 말을 했나 보다, 짐작하며 만족할 뿐이었다.

그때 다리 한 쌍이 휘청거리며 시야에 등장하더니 형근과 여자애 옆을 비집고 주저앉았다. 김석원이었다. 노인과 한참이나 주거니 받거니 하다가 돌아온 그의 얼굴은 시뻘게져 있었다. 저것도 찍어야 하는데. 형근은 생각했다.

"의대?"

김석원이 크게 소리쳤다.

"의대? 지금 누가 의대 소리를 내었어?"

그러더니 흐흐흐, 웃기 시작했다. 누가 봐도 비웃는 기색이 역력한 웃음이었다. 저 새끼가……. 형근은 순간 욱했으나 동시에 우욱, 하고 위장이 요동쳐 얼른 자세를 바로하고 목구멍을 잠갔다. 여자애 앞에서 토하는 모습 따위 보이고 싶지 않았다.

참으로 이상하지. 분명 여자애가 자신에게 하는 말은 그렇게도 들리지 않았는데, 마치 술의 바다에 잠긴 채 듣는 것처럼 희미한 음량의 뚝뚝 끊기는 시그널일 뿐이었는데, 김석원의 목소리는 송곳처럼 고막을 파고들었다. 내가 고래가 된 건가, 저 쌍놈의 음성은 초음파고······.

"야, 미림아. 나한테 재미있는 파일이 있는데 한번 들을래? 할머님도 들으실래요? 저 남자가 여기 왜 왔게요? 저를 부러워해서 온 거예요, 서른 살이나 처먹었으면서 저를 시기 질투해서 어떻게든 훼방놓으려고 온 거라고요. 저에 대해서 별의별 얘기 다 했을걸요? 그걸 믿으세요, 저를 믿으세요? 참고로 저 사람 신상을 어떻게 보증받았죠? 아무것도 없었을걸요? 당롱리 출신 여자가 데려왔다, 그뿐이잖아요. 그렇지 않아요?"

그러고는 주머니를 뒤져 핸드폰을 꺼내서는 좌상 위에 탁, 올려놓더니 말했다.

"그 재미있는 파일, 지금 재생하죠."

심지어 미림이란 이름의 그 여자애에게는, 네 핸드폰으로 지금 이 순간을 녹화하라며 고함을 치기까지 했다. 그렇게 권위적으로 구는 어린 남자애에게 왜 미림 같은 여자애가 붙을까. 형근은 그 와중에도 생각했고 결론은 돈이었다, 돈. 정확히 말하자면 부모의 돈. 씨발, 상류층 동네에서 일하며 허황된 것만 보고 배웠던 자신의 부모와 달리 김석원의 부모는 진짜 상류층이었다. 그 차이를 좁히고 싶어 그렇지 노력했으나 아직도 모자란 모양이었다. 촌뜨기인 미림조차 감별하고 차별하는 걸 보면.

"자아, 그럼 재생합니다."

김석원이 좌상 위에 놓인 제 헌드폰의 액정을 톡 건드렸다. 그러자 음성이 재생되기 시작했다. 누군지 알 수 없는 목소리였으나 내용은 익히 아는 것이었다.

나는 피를 잘 보지만 공부가 부족해서 의대에 못 갔다.
나는 피를 잘 보지만, 공부를 존나게 못해서, 의대에 못 갔다.

그리고 여자아이가 즉각 소리쳤다.

어어 이거 누구 목소리예요? 어디서 많이 들어본 것 같은데…… 누구지?

02

요란한 종소리에 다시 눈을 떴을 때 형근은 피 웅덩이 위에 엎어져 있었다. 자신의 피인 줄 알고 소스라치며 벌떡 일어서서는 뒤통수부터 만져보았다. 함몰되지는 않은 것 같아 이번엔 옷 속에 손을 집어넣어 배를 쓰다듬었다. 아픈 곳이 하나 없었음에도 팔, 다리, 목과 성기까지 온몸을 더듬고 나서야 마음이 놓였다.

그런데 이 피는 누구의 것이지?

중얼거리며 그제야 주위를 둘러보았다. 사위가 어둠침침해 잘 보이지 않았다. 분명 여자애랑 술을 마시던 것까지는 기억나는데, 그리고 김석원 그 개새끼가 예전에 녹음해뒀던 그 파일을 재생한 것도 생각나는데…….

아뿔싸, 뒤이어 자신이 김석원에게 달려들던 장면도 떠올랐다. 그 바람에 상을 걷어차 술이며 안주가 와르르 아래로 쏟아지던 것도. 와중에 김석원이 올 테면 오라는 식으로 빙글빙글 웃고 있어서, 너무 열이 받아 그대로 주먹을 날렸던 것도…….

그런데 이후에 무슨 일이 있었는지 기억이 깨끗이 증발하고 없었다.

형근은 바지 주머니에 손을 갖다 댔다. 핸드폰이 없었다. 큰일 났다 싶어 눈앞이 캄캄해졌다. 젠장, 앞으로 다시는 술 마시나 봐라. 구렁이 담금주가 아니라 용을 담갔다 하더라도 마시지 않을 테다! 생각했으나 뒤늦은 후회일 뿐이었다. 어쨌거나 핸드폰을 찾아야 여기가 어딘 줄도 알고, 구아람이든 다른 누구에게든 연락해볼 수도 있을 터였다. 그래서 주변을 마구 더듬었다. 여기가 어딘지 도저히 가늠이 되지 않았다. 이렇게 어두울 수가 있나? 더듬거리다가 갑자기 몸이 아파져 식겁했으나 그저 딱딱한 바닥에서 잠들어 있었기에 몸이 결리는 것뿐이었다. 아무 이상도 없었다. 적어도 자신의 몸에는.

마침내 핸드폰 같은 무언가가 손에 잡혔다. 그립감이 딱 자신의 것과 같았다. 그러나 축축한 손으로 버튼을 눌러 액정을 켜보고선 자기 핸드폰이 아니라는 것을 알았다. 괜찮았다. 잠금화면의 불빛만으로도 지금이 몇 시인지, 이곳이 어디인지 모두 알 수 있었으니까.

"씨발……."

수요일 오전 열 시. '도전! 과학 탐정'의 시작을 세 시간 남겨놓은 때였다. 그리고 이곳은 시나리오상 시체가 발견되어야 하는 장소인 학교 지하 시청각실이었고…….

"좆됐네……."

형근에게서 3미터쯤 떨어진 곳에 김석원이 반듯이 누워 있었다. 피는 김석원의 목에서 흘러나오는 중이었고, 주변에는 날카로운 유리 조각이 몇 개 떨어져 있었다.

그리고 형근의 지문이 온천지에 가득했다.

*

원래 형근이 세웠던 계획은 그저 김석원을 협박해 돈

을 더 뜯어내는 것에 목표를 둘 뿐이었다. 당롱리 학생들과 라포를 형성한 후 김석원의 유튜브 영상에 악플을 달게 하고, 그와 사귄 여자가 죽었다는 사실을 슬쩍 흘려 당롱리 어른과 유튼생 학부모들의 의혹을 부추기는 것. 그 작업에는 시간이 조금 걸릴 터이고 그동안 김석원이 자신의 유튜브 계정에서 무슨 일이 일어나는지 알아서는 안 되기에, 김석원에게 시체 역을 맡길 요량으로 '도전! 과학탐정'을 설계했던 것이었다. 시체는 계속 엎드려 있어야만 하니까. 서른 명의 아이들이 반나절 동안 자신의 옆을 지나다니며 증거를 채취하거나 자기 욕을 하거나 옆구리를 간질여도, 시체는 움직여서는 아니 되니까. 그리고 노인을 통해서 이 제의를 전달할 참이었다. 절대 거절할 수 없을 거라고 확신했다. 유튜브로 그렇게 당롱리의 단물을 쏙쏙 빼먹었으니 양심이 있다면 참여할 거라고.

그런데 프로그램 시작 세 시간 전, 진짜 시체와 둘이서 덩그러니 놓일 줄은 꿈에도 몰랐다.

도망쳐야 한다.
형근은 생각했다.

그런데 어떻게? 지하 시청각실에서 나가는 길은 출입문 하나뿐이고, 형근 자신의 학창 시절 경험에 미루어 보건대, 입시에 목숨 거는 애들은 일찌감치 이 근처를 서성이고 있을 게 분명했다. 그 어떤 것도 놓치고 싶어 하지 않는 애들. 생기부에 들어간다고만 하면 아주 사소한 것에도 과한 열정을 퍼붓는 애들. 이미 밖에서 인기척이 났다. 시청각실의 방음장치 탓에 무슨 말을 하고 있는지는 알아들을 수 없었으나, 한두 명이 아닌 것은 확실했다.

아주 리얼한 인형이라고 말하면 어떨까……. 대가리를 아무리 굴려봐도 그 정도의 아이디어밖에는 떠오르지 않았고, 퍽이나 속을 듯싶었다. 지금 내 옆에 있는 것이 정말로 인형은 아닐까, 연극을 전공했다는 구아람이 고향에 내려온 김에 솜씨 발휘 좀 해서 영혼을 불사른 소품을 만든 게 아닐까, 하는 가당찮은 기대도 가졌다. 그러나 아무리 봐도 진짜 사람이고, 아무리 봐도 죽은 김석원이었다. 아이들이 시체를 발견하는 것은 시간문제였다. 대단히 충격받겠지. 엄청나게…….

가만.

형근의 눈이 순간 빛났다. 그래, 학교에서 변사체를 목격하다니, 자라나는 꿈나무에게 절대 일어나서는 안 되는 일이었다. 특히 이곳 당롱리까지 유학을 보낼 정도로 극성인 학부모들의 자제들에게라면 더더욱! 아이들은 울고 나자빠지고 별별 경기를 일으키다가 부모에게 전화를 걸어 당장 전학시켜달라고 요구할 터였다. 이 유학생들이 싹 빠지고 나면 당롱리는, 그리고 당롱중학교는 그야말로 폐허였다. 제로, 구, 아무것도 없음. 겨우 다섯 명 남은 현지 애들은 이미 학교와는 담쌓은, 그리고 번듯한 학교에 진학할 능력도 없는 애들이니, 그야말로 소멸하는 거였다. 그 미래를 가장 피하고 싶은 사람이 누굴까?

오랜단에 자신에게 비법을 전수해주었던 업주를 떠올렸다. 그는 말했었다. 사체를 발견한 후 소품을 뒤져 그의 신원을 확인하고, 관리인에게 연락을 취한 다음 수행해야 할 일이 가장 까다롭다고. 그것은 처음으로 고인의 죽음을 알릴 지인을 찾는 일. 반드시 어딘가 켕기는 것이 있는 사람 그리고 소액으로 그의 죽음을 덮어주겠다는 말에 벌떡 일어설 사람을 물색해내야 했다.

망자가 살아서 손해를 보는 사람과 죽어서 이익을 보는 사람, 두 타입이 있다면 누구에게 연락을 해야 하나요? 형근의 질문에 업주의 대답은 이랬다.

"다 필요 없고 적당히 가난한 상대가 좋아. 이 돈을 내는 데 허덕거리지만 못 내지는 않을 정도."

"왜요?"

"원래 있는 놈들이 더 지독하거든. 우리한테 준 돈의 몇 배를 들여서도 다시 우리를 쫓아다닐 놈들이야. 가난한 놈들은 그럴 체력도 재력도 없어. 그 일이 발각될까 봐 평생을 벌벌 떨면서 살 거야."

적당히 가난한 상대. 그러고 보면 김석원이 참 똑똑한 놈이긴 했다. 타깃으로 구아람을 택해 알려준 것을 보면. 정소을이 죽을 당시의 지인들은 다 재력에서 비롯된 집요함을 장착하고 있는 인간들이었다. 유일하게, 구아람만 제외하고는. 그래서 선택했겠지. 정작 형근 자신은 그 구아람이 정소을의 뒤를 이은 사기꾼이 되어 금세 돈을 긁어모을 줄이야 당연히 예상치 못했지만. 능구렁이 같은 년.

어쨌거나, 그래서 지금 구아람은 제외되었다. 이 현장을 발견하는 순간 가장 먼저 신고를 할지도 몰랐다. 구아람이란 다잉 메시지는 이미 그 잔흔마저 휘발된 지 오래일 테니 정소을의 죽음을 방관한 혐의로 고발할 수도 없었다. 다음으로는 하숙집 노인을 떠올렸다. 박형근은 당롱리 현지인끼리의 대화에는 아무런 관심이 없었기에 그가 그저 중개인에 불과하다는 걸 몰랐다. 그러나 바로 그 잘못된 인식이 박형근을 가로막았다. 박형근의 기억 속 노인은 스물다섯 명을 모두 케어할 정도로 부동산이 많은 시골 유지였으니 협상 따윈 무시하고 그냥 자신을 요절낼 수도 있었다. 그다음으로는 김석원과 썸 탄다던 여자애를 생각했다. 예쁘긴 하지만, 당롱리 청소년? 궁기가 철철 흘렀다. 돈을 낼 수 있을 리 만무했다. 그렇다면 누굴 소환해 이 사태를 해결해야 한단 말인가. 적당히 가난하되 적당히 힘은 있는 사람. 그런 인물은…….

"아."

형근은 순간 아버지를 떠올렸다. 교장 한 번 못 하고 평교사로 경력을 마친 것에 지독한 자격지심을 가지고 있으면서도 내색하지 않기 위해 필사적으로 노력하는 인물. 교사 월급이 박봉이라며 매일 칭얼대면서도 자신이 근무하는 곳의 학부모들에게서 배운 걸 정말이지 최선을 다해 모방하려 애쓰던 위인. 그럼에도 결국 그들만큼을 벌지 못해 자신은 물론이거니와 아들의 앞날까지 가로막은 사람. 형근은 정말로 그렇게 믿었다. 자신이 다른 부모의 아래에서 태어났다면 지금쯤 인생이 완전히 달라졌을 거라고. 자신의 인생이 당롱리의 피 웅덩이에까지 내려앉은 건 모두가 그들 탓이라고…….

평교사를 끌어들이자. 번개처럼 뇌리에 한 사람이 등장했다. 당롱중학교의 몇 안 되는 교사 중 하나. 이 프로그램을 총괄하는 창체부장. 그는 프로그램 시작 삼십 분 전 시청각실에 내려와 준비된 것들을 검토하기로 약속되어 있었다. 밖에서 서성이는 애송이들보다 그가 먼저 여기 도착할 것이며, 이 꼴을 보고서는 몹시 당황할 것이다. 그러나 형근 자신의 아버지가 보이는 모습으로 미루어 보건대, 그 어떤 책임도 지지 않기 위해 뭐든 할 수 있을 터였다. 신고 따위 하지 않을 것이다. 그렇게 결론짓고 나니 조금 마음이 편해졌다.

그래서 가부좌를 틀고 앉아 창체부장을 기다렸다. 어차피 시체를 치울 생각은 없었다. 아니, 능력이 없었다. 형근은 업주가 전수했던 그 모든 비법을 잊은 지 오래였으며, 다시 한번 말하지만, 청소에는 재능이 없었다.

03

시청각실에 들어온 창체부장은 벌벌 떨었다. 이 사실이 알려지면 학교는 아수라장이 될 거라고, 프로그램을 기획한 자신은 엄청난 타박을 받게 될 거라고, 어쩌면 정직 처분을 받게 될지도 모른다고 지껄였다. 경찰에 연락할 생각 따위 전혀 하지 않은 채 그저 자신의 안위만을 걱정했다. 그래, 저런 면 때문에 업주가 적당히 가난한 사람을 공략하란 말을 했던 모양이었다. 여유가 없으니 패닉에 빠지기도, 그래서 조종하기도 쉽다. 게다가 창체부장이 정신없이 내뱉는 말들을 들어보니 교감 승진에 필요한 점수를 따라 처자식을 떠나 이 오지 학교에 자원했다던 모양이었다. 허이고, 이토록 가여울 데가.

"일단 이 시체를 숨겨야 해요."

"박형근 선생님, 오늘 역할이 있지 않으셨어요?"

"아, 이 동아리 지도 교수…… 그러니까 의대 교수. 그 배역이었는데, 지금은……."

스태프가 아니라 배역을 맡겠다고 구아람에게 우긴 건 자신이었다. 배역을 정한 것도 자신이었다. 그 스물다섯 명을 멋지게 진두지휘하는 자신의 모습을 상상했으니까. 통탄할 노릇이었다. 스태프를 맡았더라면 살짝 빠져 어디 가서 샤워라도 할 텐데, 지금은 꼼짝없이 피투성이의 몸으로 교수를 연기해야 할 판이었다.

그러자 창체부장이 물었다.

"그런데 잠시만, 이 시나리오의 기승전결을 모두 아는 사람이 누군가요? 범인까지요."

시나리오?

그거야 구아람이 쓰고 형근이 검토했다. 시청각실에서 김석원이 연기하는 재벌 2세의 시체를 발견한 아이들은 각종 단서를 조합하고 유추해 범인을 찾아야 했다.

"저와 구아람 씨 두 사람입니다. 다른 아이들은 간단한 상황 설정 외에는 몰라요."

"범인은요? 범인 맡은 아이는 알지 않나요?"

아, 그래. 그럴 터였다. 범인은 당연히 청소부 중 한 사람이었고, 살해 동기는 의대생에 대한 열등감이었다. 추리할 수 있을 만한 단서를 몇 군데 뿌려놓긴 했으나 사실 아무 의미도 논리도 없이 급조한 요소들이었다. 어차피 구아람과 형근의 목표는 김석원에게서 돈을 받아내는 것에 있었으니까.

"그, 학교에 말썽부리는 놈이 하나 있지요. 장민욱이라고. 장민욱이가 범인 역을 맡기로 했었습니다, 사실 청소부 다섯 명 중에서도 가장 생기부에 신경 쓰지 않는 애잖아요? 자기가 직접 범인을 맡겠다고 자원했지요. 저랑 구아람 씨 빼면 그 애만이 범인과 시나리오를 모두 알고 있습니다."

창체부장은 갈등하는 듯 보였다. 뭘 고민하는지야 모르겠으나 형근은 속으로 주문을 외웠다. 평교사야, 순응해라, 머리를 머리를 파묻어라, 안 파묻으면 댕강 잘라 구워 먹으리라, 하고. 겨우 평교사 주제에 오래 고민하는 것도 꼴사나웠다. 이성적으로, 해답이 보이지 않나? 지능이 정상 수준이라면, 어떤 길을 택하는 게 좋을지 빤히 예상되지 않나?

당롱리로 쇄도하는 유학생들을 이 사건으로 잃지 않으려면 방법은 하나뿐이었다. 프로그램을 어떻게든 무사히 종료시키는 것. 그러려면 시체를 빨리 치워야 했다. 시체 역이야 형근이 대신할 수 있을 거였다. 어차피 구아람과 장민욱 말고는 아무도 진짜 시나리오를 모르니까. 김석원에게 급한 사정이 생겨 자신이 대타를 뛰었다고 나중에 해명하면 될 것이다. 급한 사정…… 뭐 가령, 구렁이 술을 마시고 끔찍한 숙취에 시달렸다든지, 하는 사정. 아마 구아람은 어이없어 하겠지만, 사실 따지고 보면 구아람 역시 켕기는 곳이 많은 사람이니 공권력을 소환하는 등의 망나니짓은 하지 못할 것이었다.

그래서 형근은 일단 자신이 시신 역을 하겠다고 창체부장에게 제안하며 덧붙였다.

"얼른 이걸 치울까요. 일단은 스물다섯 아이들이 끝까지 만족하는 프로그램을 만들 수 있도록 최선을 다해야 하니까요. 제가 대타로 시체 역을 하겠습니다."

"그럼 장민욱이만 입을 다물면 되는 거죠?"

"네, 나머지 애들은 여기 와서야 진상을 알게 되니까요. 그리고, 사인은 나중에 자연사로 충분히 처리할 수 있습니다."

"자연사 처리? 그게 정말로 가능합니까?"

가능하다마다. 형근은 고개를 끄덕이며 덧붙였다. 비용이 조금 청구되긴 할 텐데, 지금은 시간이 없으니 나중에 설명드리죠. 그러자 창체부장은 잠시 고민하더니 형근을 향해 말했다.

"제가 숨길 만할 곳을 알려드리죠. 거기로 직접 이거 운반해주시겠어요?"

"저 혼자요?"

그러자 창체부장은 어이가 없다는 듯 말했다.

"제 손에 피가 묻어서야 되겠습니까?"

*

수업 시작종이 울리고 아이들이 시청각실로 쏟아져 들어왔다. 눈을 질끈 감은 채 피 웅덩이 위에 엎어진 형근을 보고서는 아이들이 낄낄대기 시작했다. 뭐야, 마네킹이 아니라 진짜 사람으로 하는 거였어! 금세 주위가 소란스러워졌다. 눈을 뜰 수 없어 형근은 청각에 온 신경을 집중했다. 마침내 시청각실 문이 닫히는 소리가 났고, 그 직후 가장 먼 곳에서 구아람의 목소리가 들린 것으로 짐작건대 구아람이 마지막으로 들어온 모양이었다.

구렁이주를 먹던 자리에서 구아람은, 취하지 않고 본분을 지켰을까? 즉 김석원에게 시체 연기를 해줄 것을 의뢰했을까? 전혀 기억이 나지 않았다. 뭐 아무래도 좋았다. 구아람 역시 한배를 탔으니 일단은 이 프로그램이 무사히 끝나기를 바랄 테니까. 해명과 수습은 그 이후에 해도 좋았다.

"자아, 보세요. 여기 시체가 발견되었어! 누구인지 여러분은 아나요?"

구아람의 물음에, 우리 교수님이요! 라고 의대생 역을 맡은 스물다섯 명의 목소리가 말했다.

"그래요, 맞아요. 의학과 교수인 박형근이 의과대학 연극부 동아리실에서 시체로 발견되었어요!"

콜센터 출신이니 확실히 임기응변에 능하군. 형근은 놀

란 기색이 없는 구아람의 목소리를 들으며 안도했다.

"와아!"

"그럼 지금부터 여러분은 현장 조사를 통해 사인이 무엇인지, 그리고 범인이 누군지를 알아내야 합니다. 여러분 중 단 한 명의 범인이 있습니다. 그 사람은 입을 굳게 다물고 있는 중이에요! 범인이 누굴까요? 지금부터 두 시간을 드려요. 두 시간 후에는 각자 범인과 살해 동기, 방법을 써서 제출합니다. 제출 후 정답을 공개합니다. 그럼 시작!"

구아람이 외치자마자 여러 개의 손이 몸을 뒤지는 것이 느껴졌다. 가뜩이나 한창 탈모가 진행 중인 머리카락을 쥐어뜯고, 얼굴을 툭툭 치고, 겨드랑이를 간질이고, 바지 주머니를 확인하다가 사타구니를 슬쩍 스치는 손길들. 아무것도 보지 못하는 형근에게는 그 손길들이 흡사 한 마리의 거대한 돈벌레의 것처럼 느껴졌다. 자신의 키보다 두어 배는 더 큰 돈벌레 한 마리가 다가와 어디 빨아먹을 구석 없나, 하고 신체를 샅샅이 수색하는 것만 같았다. 근지럽고 통쾌했다.

그러나 참아야 했다.

돈벌레는 한참을 그렇게 귀찮게 굴더니 떨어져 나갔다. 눈 질끈 감은 채 듣자니 형근의 몸에서 별다른 단서가 나오지 않았다고 판단한 후 바로 시청각실 전체에 대한 수색으로 넘어간 모양이었다. 술을 마시러 가기 전 구아람과 이미 현장을 세팅해놓았던 것이 천만다행이었다. 물론 시청각실에 어설프게 설치된 단서들은 하나도 계획된 것이 없었다. 산발적으로 의미 없이 늘어놓은 소품들일 뿐이었다. 그걸 조합해서 없는 범인을 찾아내는 머리야말로 이 시대의 엘리트에게 딱 어울리는 미덕이 아닐까, 하는 구아람의 생각 때문이었다. 형근이야 적극 동조하는 바였고, 역시나 무언가를 찾아낼 때마다 연신 탄성을 뱉으며 황당한 시나리오를 써대는 아이들의 목소리가 들려왔다. 정확히는 딱 스물다섯 명 정도의 목소리가.

형근은 숨을 후우, 내쉬었다. 점점 긴장이 풀렸고, 그러다 보니 아직도 가시지 않은 취기 탓에 졸음이 쏟아졌다. 술을 어지간히 마시긴 마신 모양이었다.

아람

01

 아람은 자주 '기준'에 대해 생각했다. '기준'은 응당 공정하게 들린다. 학교 운동장에서 "기준!"이라 말하며 손을 든 아이를 중심으로 팔을 벌려 간격을 만들 땐, 누구나 팔 길이 따위는 개의치 않고 서로를 살피며 적절한 공간을 창출하기 마련이다. 불합리한 처사에 분개하는 누군가가 "기준이 뭔가요?"라 물을 때의 '기준'은 '공정성'의 유의어다. 그러니 '기준'이 천차만별로 해석될 수 있다는 사실을 사람들은 잘 모른다.
 구렁이주를 마신 다음 날 오전, 당롱중학교 교장실.

제 폰에 연락이 왔네요. 창체부장이 말했다. 교장실 테이블에 앉아 있던 사람들이 일제히 그를 바라보았다. 교장, 교감, 이장 그리고 하숙집 노인. 초조한 기색을 숨기려 무진 애를 썼던 아람은 비로소 미소를 지었다. 물론 구렁이주를 너무 많이 먹였는지 박형근이 생각보다 늦게 깨어나긴 했지만, 어쨌든 지금쯤이면 청소를 다 끝냈겠거니 싶었다. 솔직히 말하자면 자신의 예상을 뒤엎고 경찰에 신고라도 하지 않을까 조금 조마조마했는데, 다행히 박형근은 파악된 캐릭터 그대로 행동했다. 어쩌면 극작과 연출은 소을이 아니라 아람이 해야 했던 걸지도 몰랐다. 어쩐지, 그 애가 쓰는 극본마다 영 성에 차지 않더라니. 특히 소을은 캐릭터 해석이란 걸 참 못 했다. 인물에게 성격에 맞지 않는 행동을 자주 시켰고, 이해가 되지 않는다는 배우에게는 세상엔 네가 모르는 그런 사람도 있단다, 라는 말만 되풀이할 뿐 절대로 자기 극본을 수정하려 들지 않았다. 아람은 한 번 솔직하게 말했다가 된통 싸운 이후로 절대 소을의 극본을 건드리지 않았었는데, 그저 다툼이 싫은 평화주의자였기 때문이었다.

소울 카운슬러로 일하고 난 후 극본을 다시 썼다면, 그랬다면 소을은 인물들과 조금 더 잘 공명할 수 있었을까? 애석하지도 이젠 알 수 없는 일이었으나 아람은 생각했다. 분명 성장했을 것이라고, 그래도 자신만큼은 아니었을 거라고. 콜센터와 카운슬러, 두 가지 일을 하며 '쌍년아'와 '선생님'을 함께 들어왔던 자신만큼은 성장하지 못했을 거라고. 구름이주를 마실 때까지만 하더라도 자신은 선생님보다는 쌍년에 가까웠다. 당롱리니까, 당롱리 출신이니까. 반면 지금은 선생님이었다. 눈에 넣어도 아프지 않을 물주인 아이 스물다섯의 미래를 책임져줘야 하는 당롱리의 선생님.

그러나 전화를 받고 시청각실에 다녀온 창체부장이 마구 아람을 몰아서 우면서 양상은 달라졌다.
"청소는 무슨 청소. 그대로입니다, 완전히!"
"예?"
"그대로라고요, 피도 시체도! 그 한가운데 아무것도 안 하고 가만히 앉아 있었다고요, 등신같이!"
아람은 벽에 걸린 시계를 바라보았다. '도전! 과학 탐정'의 시작이 겨우 삼십 분 남아 있었다. 그렇다면 시체가 거기 그대로 남아 있단 말인가? 아이들이 그걸 볼 거란 말인가? 숨이 가빠졌다. 박형근을 죽이고 싶어졌다. 왜 청소를 미리 하지 않았지? 세 시간이면 시체 숨기기에는 충분한 시간이 아닌가.

김 선생, 진정해, 진정해. 교장이 창체부장을 어르고 달래며 물었다. 그래서 어떻게 했는가?

"일단은 시청각실에 붙은 창고에 숨겼습니다. 그리고 박형근 씨가 시체 역을 맡기로 했습니다. 제가 제안한 대안입니다. 지금 그 피 웅덩이에 누워 있습니다."

"아, 김 선생이 애를 썼군. 욕봤네, 잘했어, 잘했어."

교장의 말에 아람은 미간을 찌푸렸다. 피 웅덩이에 누워 시체를 연기하는 박형근이야 자신이 이미 계산에 다 넣은 바였기 때문이었다. 다만 문제는, 청소를 한 후 연기할 줄 알았는데……. 그래도 창고에 일단 집어넣었다니 최악의 경우는 아니었다. '도전! 과학 탐정'이 끝나고 모두 하교한 후 천천히 해결하라고 하면 될 것이었다.

"학부모들에게 보낼 메시지는 다 작성이 되었나요?"

예상치 못한 상황으로 인해 조금 가빠졌던 숨이 가라앉자마자 아람은 교장과 노인에게 각각 물었다. 교장이 먼저 임시 저장된 메시지를 보여주었다.

'[당롱중학교] 그간 심려를 끼쳐 죄송합니다. 여행 유튜버는 오늘부로 당롱리를 떠납니다. 설득에 애써주신 학부모 회장님께 감사드리며, 앞으로 절대 이런 일이 재발하지 않도록 최선을 다하겠습니다.'

그리고 노인이 이어 자신이 적은 메시지를 큰 소리로 읽었다.

"학부모님들께. 옥체 강녕하신지요? 자제분들은 오늘 단체로 과학 탐정이 되러 학교로 나섰습니다. 실제 같은 현장에 충격을 받고 입맛을 잃는 학생이 있을까 봐 오늘은 특별히 이장님 댁에 모여 한우 파티를 하려 합니다."

이장이 으쓱거렸다.

아람은 일단 자리에서 일어섰다. 시청각실에 가야 할 시간이었다.

02

　유학생들이 시청각실에서 열심히 박형근의 몸을 더듬어대는 동안 아람은 멀찍이 서서 그 모습을 바라보았다. 청소부 역할을 하는 당롱리의 다섯 아이는 구석에 앉아 저들끼리 모눈종이 위에 오목을 두며 놀고 있었다. 전혀 관심 없다는 시위일 터였다. 꼴사나워라, 생각하면서도 아람은 박형근 쪽을 연신 힐끔대는 아이를 눈여겨보았다. 장민욱이었다.
　남다른 분노는 자존심에서 온다. 장민욱이 분노하는 지점이 정확히 무엇인지 하숙집 노인은 잘못 짚고 있었다.

그저 여자애에 대한 연심 때문이라고? 그거야말로 이성애에 미친 한국 느인네가 할 법한 착각이었다. 노인의 집에서 처음 만났던 장민욱은 김석운뿐 아니라 최미림에 대해서도 반감을 가지고 있는 듯 보였는데, 노인은 그 반감을 그저 고무줄놀이하는 여자애들 괴롭히는 남자애 보듯 "좋아해서 투덜거린다"라고 치부했다. 말도 안 되는 얘기였다. 아람은 잘 알 수 있었다. 장민욱은 최미림을 정말로 싫어했다. 아니, 물론 좋아했다. 선망에 가까울 터였다. 그러나 동시에 증오했다. 왜?

"진짜 생각 깊은 누나였는데, 씨발, 그 유튜버 새끼가 망쳤다고요. 순수하다, 시골 소녀 미모가 대단하네, 이딴 식으로 지껄이는 댓글 보고 좋아하잖아요. 그게 화가 났다고요. 유튜브만 나오면 좋은 건가? 자존심도 없나?"

그래, 연심보다는 그게 부패된 결과물, 즉 자존심이 상한 데서 온 배신감이었다. 아람은 몰래 테이블을 빠져나와 장민욱을 불러냈고, 발끈하는 장민욱을 보고서 동질감을 느꼈다. 아람은 그 마음을 정확히 알고 있었다. 그 여자애가 당롱리에서 방황하는 내내 장민욱은 그 애를 '보필'했다고 했다. 무면허 오토바이 뒤에 태워서, 온 읍내를 누비며. 참으로 클리셰적인 장면이 아닌가! 황순원이 환생했네. 아람은 생각하면서도 겉으로는 맞장구를 쳐주었다. 그렇게 서로 마음을 나누었다 여겼는데, 상대가 갑자기 다른 서울 남자애의 유튜브에 출연해 가난을 팔기 시작하니 뒤통수를 맞아도 여간 세게 맞은 게 아니란 거였다.

김석원이 더 미워, 미림이가 더 미워? 아람이 묻자 장민욱은 대답했다. 최미림이요. 김석원은 그냥 꼴 보기 싫은 거지만 최미림은 얘기가 다르죠. 그 대답마저도 아람은 이해할 수 있었다. 자신 역시 '죽이고 싶은 사람 월드컵'을 한다면 소을이 1등을 차지할 테니까. 김석원과 박형근을 제치고. 그게 바로 어쭙잖은 가난을 연기하며 자신을 팔대가여야만 했다. 물론 소을은 이미 죽었지만.

"그렇다고 해서 미림이를 죽이고 싶다…… 뭐 그런 건 아니지?"

"미쳤어요? 걔 왜 죽여요. 얼른 정신 차리게 만들어야지."

"잘됐네. 그럼 하나만 도와줄래?"

자신이 탱자탱자 노는 동안 아람이 이토록 열심히 일했

음을 박형근은 죽었다 깨어나도 모를 거였다.

*

분명 처음 당롱리에 온 것은 박형근의 꼬드김 때문이었다. 잃은 890만 원을 찾자, 그보다 더한 돈도 김석원에게서 뜯어낼 수 있을 거다, 내가 알아서 할 테니 착수금을 일단 달라. 그 말을 믿었다. 적어도 소울에 대해서만큼은 일처리가 깔끔한 축에 속했으니까.

그러나 당롱리에 온 이후 아람은 몇 번이고 그를 그냥 죽여버리고픈 충동에 시달렸다. 가령 외조모의 집에서 모텔을 검색할 때, 수학생들 앞에서 잘난 척을 할 때, 그리고 그 비싼 착수금 500만 원을 받아 처먹고서는 '도전! 과학 탐정'의 프로그램을 짜고 단서를 만드는 것에 정말 아무런 기여를 하지 않을 때, 무엇보다, 성공 시 추가로 줘야 하는 500만 원을 생각할 때. 더군다나 서울에서 너무 열심히 일했는지, 예고와 예대 입시 시즌에 돌입한 학생들의 부모들에게서 속속들이 해고 문자가 날아오는 중이었다. '선생님 너무나 감사하게도 우리 ○○이가 금방 정신을 차

렸네요, 외고―혹은 무슨 대학교의 무슨 무슨 학과―원서 넣기로 했어요, 그러니 카운슬링 예약은 없었던 걸로 해도 좋을 것 같아요, 우리 ○○이 공부 잘 하라고 응원 많이 해주세요.' 그러고는 그간 수고했다며 스타벅스 쿠폰을 달랑 보내고, 그걸로 퉁치는 거였다.

돈이 샐 구멍은 막고, 들어올 구멍은 열어야 하는데. 아람은 당롱리에 도착한 후 내내 손톱을 물어뜯으며 방안을 강구했다. 박형근에게는 1원 한 푼 주기 싫었다. 이미 송금한 500만 원을 생각한다면 사지를 찢어 죽여도 모자랄 판이었다. 김석원에게서 돈을 받는 게 쉬울 거라 여겼던 건 순전히 박형근에게 속아서였다. 피를 못 봐서 의대를 못 갔단 얘길 서울에서 했더라면 바로 그의 형편없음을 간파했을 텐데, 서울에선 그저 자신과 같은 흙수저라 여겼다. 하여간 나는 사람을 너무 잘 믿어서 문제야, 하고 아람은 탄식했다.

그러나 최미림이 등장한 유튜브 클립을 열 번째쯤 봤던 때였나, 순간 무릎을 쳤다.

　아이가 스스로 죽은 것이 부끄러워 감추려 드는 이들은 부모라는 말을 박형근은 아람에게 한 적이 있었다.
　그러니, 아이가 먼저 죽을 것을 죽도록 두려워하는 이들 역시 부모라그 아람은 생각했다. 아마 카운슬러 일을 해보지 않았더라면 전혀 몰랐을 터였다. 자식에 대한 모든 걸 알아야 헌다는 강박에 매돌된 나머지 자식이 자신의 레이더에서 벗어났다는 것만으로도 상상 이상의 행동을 할 수 있는 이들이 넘쳐난다는 걸.
　"……우린 전혀 몰랐어요. 이런…… 이런 저질 유튜브에 우리 애가."
　아람이 할 수 있는 건 간단했다. 최미림이 당롱리 현지인이 아니라는 것을 알아채는 거야 너무나 쉬웠고, 아람이 그 사실을 알아채자마자 장민욱이 기다렸다는 듯 나머지를 실토했다. 최미림은 이 년 전 당통중학교에 입학한 초기 유학생 중 한 명으로, 장민욱과 같은 학년이었다. 아람이 최미림을 당롱중학교에서 보지 못한 것도 당연했다. 3학년이 시작하자마자 장기 결석 중이었으니까. 물론 최미림의 부모는 그 사실을 알지 못했다. 학교 측에서 통보하지 않은 덕이었다. 당롱중학교가 긁어 부스럼을 만들 리 없었다.

당롱리라는 오지에 위치한 학교로 아이를 보내버리면 아무 일도 일어나지 않을 거라고 확신했던 최미림의 부모를 절망 상태로 빠뜨리자! 아람은 그보다 더 확실한 방법이 없을 거라 생각했다. 김석원의 유튜브 영상 링크를 보내 대단한 충격을 주자. 길이 아예 없는 장소로 아이를 순간 이동시켜버린 결정은 너무나 단단해서, 조금만 내리쳐도 모든 게 산산조각 날 터. 이후 벌어지는 일이야 일사천리였다. 본디 아이에게 부정적인 변화가 일어나면 부모들은 두 가지 측면에서 다급해졌다. 첫 번째, 일단 물리적으로 아이를 옭아매려 한다. 두 번째, 가장 쉬이 책임을 물을 수 있는 곳을 찾는다. 아마 아이를 자기들 가까이 두고 있었다면 두 방향 모두 쉽게 실행할 수 있었을 테지만 아뿔싸, 자승자박이지, 그들은 아이를 예술 따위 꿈도 못 꿀 오지로 보내버린 뒤였으니 부랴부랴 달려온다 한들 이미 늦을 터였다. 게다가 아주 바쁘신 몸들이라.

그러니 현지에서 바로바로 움직여줄 수 있는 손발이 그

들에게는 필요했다.

이중으로 돈 받을 수 있는 구멍을 박형근이 찾아다녔던가? 이건 이중 정도가 아니었다. 삼중, 사중으로 땡길 수 있는 절호의 기회였다. 최미림의 부모에게서 카운슬링 비용을, 아이의 일탈을 묵인한 노인에게서 학부모들로부터 보호해줄 변호비를, 감히 출결을 조작한 당롱중학교에게서 입을 다물어주는 대가를, 게다가 관리인 조로 여기 머물고 있으나 학교가 이 지경인데도 전전긍긍하며 다른 학부모에게 알리지 않은 학부모 회장에게서 소정의 담뱃값까지 받을 수 있었다. 뭐, 당롱리에서 두고두고 쌍년으로 이름이 남아도 상관은 없었다. 어차피 이건 일만 끝나면 다시 오지 않을 작정이었으니까. 더군다나 자신은 단 한 가지 일만 하면 됐다. 그것은 청소도 아니고, 서류 조작도 아니며, 묵인도 아니었다. 그러니 다른 그 누구보다도 훨씬 덜 비양심적인 셈이었다.

"그러게, 누가 그렇게 오지 팔아먹으라고 했니."

그날 노인의 집에서, 수면제 탄 구렁이주를 마시지 않

은 사람은 아람과 장민욱뿐이었다. 박형근과 김석원은 구렁이주를 꿀떡꿀떡 마시며 연신 핸드폰 카메라를 들이밀고 SNS에 업로드했다. 알코올에 질식해 죽은 뱀의 형상이 그들에게는 자신이 남들과 다르다는 징표인 셈이었다. 그 둘이 최미림에게 경쟁적으로 술을 권했고 그 애는 질색을 하면서도 받아 마셨다. 그 모습을 김석원이 동영상으로 찍었다. 최미림의 부모가 보고 펄펄 뛸 증거를 직접 만들어주니 참으로 감사한 일이었다.

모두가 쓰러진 후 아람은 가만히 기다렸다. 닭이 울고, 까치가 몸을 털고, 밖이 밝아질 때까지. 장민욱이 역시나 맞은편에 앉아 있었다. 핸드폰 한 번 보지 않고 그저 멍하니 좌상 위를 내려다볼 뿐이었다. 새벽 여섯 시경 노인이 벌떡 일어나서 아람은 잠시 놀랐으나 그저 하숙생들의 아침을 보살펴야 한다는 강박 때문인 듯했다. 장민욱이, 할머니 제가 할게요, 그냥 주무세요, 하고 말하자마자 다시 장판에 드러누웠으니까.

그리고 밖을 자분자분 채우던 학교 가는 아이들의 발걸음이 마침내 잦아들 때쯤 아람과 장민욱은 함께 일어섰다. 장민욱이 수레를 끌고 왔다. 겨우 사람 둘 운반하는 데에 10만 원이나 써야 한다니. 아람은 아까워했으나 당롱리의 아들 장민욱이라면 입을 꾹 다물어줄 거라고 믿어 의심치 않았다.

  모든 운반이 완료되었다. 아람은 장민욱을 시청각실에서 내보낸 후 천천히 김석원의 목을 썰었다. 청소야 옆에 나란히 누운 박흥근이 알아서 해줄 터라고 확신했다. 그거라도 잘해야지 어쩌겠나, 못난 인간이여. 아람은 중얼거렸다.

03

 의대생 스물다섯 명끼리도 당연히 이런저런 무리가 존재했다. 그중 온 손바닥에 피를 묻히며 가장 열심히 박형근의 몸을 뒤지는 아이들은 연신 욕설을 내뱉었다. 씨발, 개쩐다, 존나 진짜 피 같아……. 그리고 그 애들이 욕을 할 때마다 창체부장을 비롯해 그 자리를 지키고 있던 교사들은 하나같이, 어허, 바른 말 고운 말 쓰세요, 하고 바르고 곱게 존대했다. 받아들여질 리 만무한 외침일 뿐이었다.
 그렇게 한참 동안 몇 개의 무리를 지어 시청각실 안을 돌아다니던 아이들은 흉기로 사용될 법한 것을 몇 개나 발견했다. 가령 날카롭게 깨진 드럼 심벌이나 연극 소품을 만들 때 쓰는 커다란 가위, 그리고 산산조각 난 술잔 조각이나 커터 칼 따위였다. 아이들이 줄을 지어 흉기들을 만지며 지문을 남겨주었다. 아람이 원하던 바였다. 그 흉기의 후보들을 아이들은 신이 나서 들고 와서는 박형근의 목에 대보며 비교했다. 그 긴박했던 와중에도 박형근은 빨간색 코드 마커를 이용해 자신의 목에 선을 그어두는 것을 잊지 않았다. 그 생각을 하니 아람은 조금 마음이 짠해졌다. 그래, 개새끼지만 그래도 최소한의 할 일은 하는 개새끼였다.

무엇이 흉기인지를 가지고 열띤 토론을 벌이던 의대생 스물다섯 중 하나가 갑자기 쪼르르 아람을 향해 달려왔다. 겨우 중학교 1학년짜리, 그중에서도 가장 키가 작은 아이였다. 무언가 말하려는 듯해서 아람은 허리를 굽혀주었다. 그 애가 귀에 대고 속삭였다.

"청소부가 범인이죠?"

왜 그렇게 생각하니? 아람이 묻자 아이는 빙긋 웃더니 대답했다.

"의대생이 사람을 왜 죽여요?"

"그래? 하지만 정말로 정당한 이유가 있다면 죽일 수도 있지 않을까?"

"아니요!" 아이는 마치 아람이 주먹질이라도 한 듯 펄쩍 뛰며 고개를 흔들었다. "그럴 이유가 어디 있어요? 의대 오느라 얼마나 힘들게 공부했는데 그런 짓을 왜 해요."

"완전범죄가 된다면 가능하지 않을까?"

그러자 아이는 의기양양하게 말했다.

"지금 이건 완전범죄일 수가 없잖아요. 우리가 범인을 찾아야 하는 건데 완전범죄가 어떻게 성립해요?"

그러더니 말문이 막힌 아람 앞에 의기양양하게 자기 손에 든 것을 내밀었다. 뭔가 하고 봤더니 핸드폰이었다. 액정이 켜진. 핸드폰 속 카카오톡 대화창이 연신 움직이고 있었다. 메시지를 쓰는 사람들의 대화명은 모두 '모' 혹은 '부'로 끝났다. 그리고 모두가 하는 말은 비슷했다. '청소부 맡은 애들 신상, 알 수 없어요?'

이어지는 메시지.

'하나같이 다 생기부랑은 아무 상관없을 애들이라 누가 범인인지 영 알 수가 없네요.'

"이 카톡 방에서 그러는데, 범인은 청소부래요. 왜냐하면 생기부에 벌인 역이라고 적혀도 상관없는 사람이어야 하니까."

아이의 말에 아람은 입을 꾹 다물고 입술을 말았다. 아이가 싱글싱글 웃었다.

"그런데 이건 학부모 카톡 방이잖아. 네가 어떻게 들어가 있니?"

"당롱리 올 때 아빠가 아빠 폰을 줬거든요. 가끔 들어가서 읽어보라고 줬어요. 아빠는 다른 애들 엄빠랑은 다르게 저한테 비밀이 없거든요."

이걸 나에게 알려주는 이유는 뭐니? 아람이 묻자 아이는 대답했다.

"지금 모두가 창고에 들어가려고 하니까요. 청소 도구가 가득한 곳이니까."

아람은 놀라 고개를 들었다. 정말이었다. 박형근이 김석원의 시신을 넣어두고 봉한 그 작은 창고의 문 앞에 스물다섯 명이 다닥다닥 붙어 있었다. 청소부 다섯은 멀찍이 떨어져서는 흰눈종이 위에 오목이나 두고 있었음에도 불구하고.

아이가 아람을 올려다보며 또박또박 다시 말했다.

"다들 엄빠들이 저기 들어가보라고 했을 거예요. 물론 저렇게 뻔한 곳에 단서를 숨겨두시지 않았을 거라는 건 알아요. 하지만 선배님들이 좀 있으면 저 문을 딸 거예요. 당롱리에 오자마자 저도 문 따는 걸 가장 먼저 배웠거든요. 신용카드로 하면 금방이에요. 두꺼운 신용카드면 더 좋고요. 애들은 그걸로 문을 따고 나가서 맨날 밤마다 밖에 나가 놀았는걸요. 할머니들은 아무것도 몰라요, 돈이나 받을 줄 알지."

아람은 다시 창고를 바라보았다. 저 창고의 문이 열린다면 누가 가장 피해를 볼까. 아람 자신의 신변은 어떻게 될까. 과연 저 스물다섯 명은 진짜 시체를 보고도 연기 혹은 모형이라고 생각할 수 있을까.

그때 덥석 손이 잡히는 감각에 아람은 화들짝 놀랐다. 아이였다. 아이가 아람의 손을 잡고는 대뜸 말하는 것이었다.

"제가 범인인 걸로 바꿔주세요."

"……그건 내가 생각한 시나리오가 아닌데. 단서는 이미 정해진 범인을 향해 세팅되어 있잖니."

아람은 대답했다. 물론 단서 따위 엉망진창이었으나 실

토할 수는 없으니까. 그러자 아이는 다시 말했다.

"그건 우리 엄마 아빠한테 물어봐서 대충 다시 짜 맞추면 돼요."

내가 잘못 들은 게 아닌가 싶어 아람은 재차 물었다.

"하지만 범인 역을 맡았다는 게 생기부에 들어가는 걸 부모님이 좋아하시지 않을 거잖니? 이 카톡 방만 봐도……."

그러자 아이는 자신의 핸드폰을 내밀며 아람에게 말하는 것이었다.

"직접 통화하세요."

순간 쉬는 시간을 알리는 종이 울렸고 아람을 제외한 모두는 시청각실 바깥으로 내쫓겼다. 물론 아이의 핸드폰은 아람이 쥔 채였다.

*

"아, 아. 네, 구 선생님. 이야기 많이 들었습니다. 뭐, 여러 방면으로 들을 수 있는 채널들이 있지요. 어쨌든 선생님, 당롱중학교에서 이렇게 특별한 프로그램을 만들어주실 줄이야 꿈에도 몰랐습니다만, 단도직입적으로 말씀드린다면 저희 아이가 범인인 것으로 시나리오를 살짝 조정해주시면 어떨까 해서요. 어차피 제아무리 똑똑하다고 해봤자 중학생들입니다. 자기가 모르는 전문적인 방법으로 그…… 살인이 이루어졌다고 결론이 난다면, 깨갱 하고 수긍할 애들입니다. 그러니까 지금, 아주 잠깐만 더 손을 봐주시면 되는 겁니다. 완벽하게 과학적인 방법입니다. 제가 보장하지요."

수화기 너머 남자의 목소리에 아람은 침을 꿀꺽 삼키고는 물었다. 왜 이런 말씀을 하시는 거지요? 아이는 충분히 똑똑합니다. 범인을 잡을 수 있을 텐데요.

"아니오." 남자가 단호하게 대답했다. "그거로는 부족합니다. 청소부 다섯 중 하나가 범인이라고? 오지선다죠. 대충 5대 1의 비율인 거예요, 범인을 찾았다고 생기부에 기록될 애가, 스물다섯 중 하나가 아니라 다섯 명인 겁니다. 그래서야 뭐가 특별해지겠습니까?"

"굳이 특별해야 하나요? 모든 아이들 다 생기부 내용은 좋게 나갈 텐데요. 그리고 의대 가는 데에 이런 프로그램 하나가 큰 영향을 미칠 것도 아니고요."

그러자 남자는 시원스레 웃더니 말하는 것이었다.

"선생님, 저희 애는 의대만 갈 아이가 아닙니다. 예술도 하고 의대도 갈 아이란 말입니다. 학부는 의대지만 대학 다니면서 연예인으로 데뷔하고, 유명해진 후에도 학업 성실히 이어나가고, 영국이나 미국으로 연극 배우러 유학도 갔다 와서 상도 좀 받고, 그러다 전공의 돼서 돈도 벌고, 어쨌든 그렇게 두 마리 토끼를 다 잡을 아이란 말입니다. 그러니 하나하나 신경을 다 써야 합니다. 이런 사소한 프로그램에도 말이지요."

허, 참. 비현실적인 장광설을 너무나 당당히 늘어놓는 목소리에 아람은 속으로 욕지기를 느꼈다. 뭐, 의대 쪽이야 자신이 알 수 없으니 그렇다 치자. 연예인으로 데뷔하는 게 쉬워? 연극 배우러 유학을 간다고? 그렇게 아무렇게나? 그래서 물었다. 아버님, 아이 미래가 어떻게 맘대로 되나요? 아이가 아무리 열심히 한다 한들 예측 불가능한 요인이 너무 많잖아요. 세상에 연기 잘해도 캐스팅 한 번 안 되는 배우가 얼마나 넘쳐나는데요.

"됩니다."

"그러니까, 어떻게요?"

아람 217

그러자 남자는 말하는 것이었다.

"일단 확실히 됩니다. 그러니까 우리 애 범인으로 만들어주시지요. 답례는 충분히 해드릴 테니까요……."

순간 아람의 귀가 쫑긋 섰다. 답례?

04

아람은 약간 멍해진 채로 수화기 너머의 목소리가 하는 말을 들었다. 이번엔 그 아이의 어머니였다.

"선생님, 선생님께서 모교인 당릉중학교를 사랑하시는 것도, 굳이 다시 오셔서 이렇게 훌륭한 프로그램을 진행해주시는 것도 참 좋아요. 그런데 선생님 시나리오에서, 저희는 마음에 졸리는 게 하나 있었어요. 왜 범인이 청소부여야 하지요?"

"저는 범인이 청소부라고 한 적이 없는데요……."

"어머, 그럼 우리 애들 중 하나를 범인으로 삼으시겠다

이거였나요? 그럼 더 큰 문제고요."

"아니……."

"농담이고요, 선생님 말고 남자 선생님께서 잘 숨기지를 못하신 모양이에요, 우리 애들이 좀 똑똑한가요. 의대생 맡은 애들은 범인 아닌 거야 척하면 척이죠."

"아……."

"그런데요, 저는 선생님들의 나이브함이 문제라고 생각해요."

"네?"

"의대 교수가 죽었다, 범인이 청소부였다, 그런데 의대생이 그 전말을 밝혀낸다? 전 우리 아이가 밝혀내는 게 싫거든요. 왜냐? 약자를 착취하는 것 같잖아요. 우리 아이가 거기 동조하는 것 같잖아요. 우리 애가 얼마나 정의롭고 약자를 위하는 아이인데. 우리가 그렇게 키우려고 엄청 노력을 하고 있거든요. 다른 애들이랑은 다르게요."

"아아……."

"사실 당롱중학교 출신이시니까 선생님은 이미 느끼셨겠지요. 서울 애들이 좀 꼴사나워요? 솔직히 우리 애가 거기서 나쁜 짓만 배울까 봐 저희가 얼마나 노심초사하고 있는데요. 돈 많고 똑똑하다고 해서 남 깔아뭉개는 인간 만들지 않으려고 정말 최선을 다하고 있다고요. 노이로제 걸릴 지경이야 진짜."

"아아아……."

"거기 현지 애들한테도 우리 애가 얼마나 잘해주고 있는지 알아요? 그 다섯 명 애들한테 다 물어봐요, 우리 애만 유일하게 사람 냄새 난다고 할 거야. 우리 애는요, 게네들 집에 놀러 가기도 하는 애예요. 가서 그 집 할아버지가 끓여주는 보신탕도 눈 딱 감고 먹을 수 있는 애라고요."

수화기 너머로 개 짖는 소리가 났다.

"샐리, 어허! 시끄러! 아, 어디까지 얘기했지. 하여간 저희가 정말 노력하고 있거든요, 다음 방학 떈 당롱리로 저랑 애 아빠랑 봉사도 갈 거고. 어쨌든 그래서, 우리 아이 범인으로 만들어주시라고요. 대신……."

그리고 전화를 끊기 직전 다시 등장한 부친은 말했다.

"제가 누군지 아이가 이야기 안 했나요? 정말이지 겸손한 애라니까요."

그는 유명한 배우 겸 감독이었다. 아주 유명한. 독립영

아랍

화에서 시작해 상업영화를 연출했고, 유수의 영화제에서 상을 거머쥔. 재벌 3세와 결혼해 화제를 모은.

*

'가난한 이들을 위해 십자가에 못 박히듯 희생한 정의로운 의대생 살인범이 될 것'.

그게 그 부모들이 원하는 바였다.

"범행에 사용된 흉기가 있을 거 아니에요? 쉬는 시간에 우리 아이 옷에 슬쩍 넣어주실 수 있잖아요, 조사 중간에 흉기를 은닉했으니 당연히 용의자지. 그리고 범인이 누군지 모르겠지만 하여간 청소부 중에 있겠죠? 걔한테는 우리 애가 가서 직접 말할 거예요, 자기가 범인이라고, 신고하라고. 물론 중간에 시나리오가 바뀌는 걸 그 애는 알게 되겠지만, 자기가 가장 먼저 진상을 파악하는 발견자가 된다는데 싫다는 애가 어디 있겠어요? 걔는 뭐, 범인 역할을 하고 싶어서 했겠어요? 그게 바로 문제예요, 선생님. 당롱리 애들이 얼마나 상처받았을지 선생님께서 세심하게 생각하지 못하신 것 같아요. 저희 부부랑 애는요, 다른 서울 애들이랑은 좀 달라요, 선생님. 저희 아이는 약자를 항시 생각하고 배려하는 아이랍니다. 그렇게 키웠어요."

그러고는 덧붙이는 것이었다.

"아이 얘기 들어보니까 두 분 선생님께서 당롱리 현지 아이들을 많이 홀대하셨던 모양이에요. 지금이 바로잡을 수 있는 기회예요! 아, 맞다. 선생님, A대에서 연기 전공하셨다면서요? 우리 애가 어찌나 부러워하던지요. 이 일 다 끝나면 혹시 아이 연기 과외 좀 해주실 수 있나요? 겨울방학 때, 당롱리 말고 저희 집에서요. 겸사겸사 저랑도 좀 뵈면 참 좋을 것 같습니다만."

*

한국 최고의 어느 의과대학. 의과대학 연극 동아리에서 활동하는 학생들은 동아리실에 딸린 창고를 청소부들이 휴게실로 몰래 써왔음을 알게 된다. 격분한 그들은 그러나 자기들 손으로 일을 해결할 생각을 하지는 않고 부모들에게 연락한다. 아직도 초등학생 학부모처럼 구는 그 사람들. 부모들은 바로 동아리 지도 교수를 호출한다. 아직 조교수 자격인 그는 학생들에게 인기를 얻는 것에 언제나 혈안이 되어 있고, 민원을 듣자마자 청소부들에게 달려가 미친 듯 폭언을 하며 몰아세운다. 그러다 보니 일이 커지고야 만다. 청소부들 중 하나가 그와 주먹다짐을 하고 만 것. 결국 주먹다짐을 한 청소부는 해고된다. 해고된 동료를 복직시키기 위해 청소부들은 무기한 농성을 시작하지만 대학 측은 아랑곳하지 않고 다른 업체와 계약한 후 모두를 해고한다. 사건의 불씨가 되었던 청소부는 분신해 중태에 빠진다. 그의 아내와 젖먹이 딸은 당장 살 길이 막막하다. 그러나 역시나 아무도 신경 쓰지 않는다. 딱 한 사람만 제외하고…….

'남들과 달리 순진하고 때 묻지 않은' 단 한 사람. 그 의대생은 교수에게 찾아가 청소부들을 인간적으로 대우할 것을 따지고 들지만, 교수가 되레 자신을 공격하려 들자 정당방위로 교수를 살해하고야 만다.

그는 당황하지만, 젊은 의대생이 뭘 해도 주목과 지지를 받는 나라인 대한민국에서 이 사건을 이용할 수도 있을 거라는 데에 생각이 미친다…….

그는 그 시신을 청소부들이 쉬는 창고 앞에 놓는다. 이

것은 시위이며 시신은 바리케이드다. 그 시신이 머무는 한, 의대생들은 절대로 청소부들의 쉼터를 침범할 수 없을 것이다.

자신의 '희생'이 청소부 인권 진작의 시작이 되기를 그는 간절히 바란다.

아이의 부모로부터 받은 새 시나리오였다. 시나리오의 마지막에는 이렇게 쓰여 있었다. '저희 부부가 주제넘는다고 생각하실까 걱정되지만 선생님께 꼭 말씀드리고 싶었습니다. 이 사회의 구성원 모두가 약자에 대한 이해와 온정을 가져야 한다는 걸 말입니다. 우리 사회의 지도층이 될 우리 아이들은 더더욱요.' 그걸 다 읽은 아람은 화장실에 가기 위해 문밖을 나섰다. 그러자마자 아우성치는 유학생들에게 둘러싸였다. 너무 어려워요! 힌트 좀 주세요! 그리고 개중 몇몇은 정말 전문가라도 된 듯 진지한 말투로 난이도가 잘못 설정되었다며 짐짓 심각하게 말하기도 했다. 어려운 게 당연했다. 출제자가 풀이 과정 없는 문제를 냈는데 누가 해결할 수 있단 말인가.

아람은 정중한 아귀 떼 같은 스물다섯 명의 아이들을

바라보았다. 각자 다른 그 이목구비들. 그 얼굴들이, 마치 밀랍이 녹아내리듯 스멀스멀 변해갔다. 그리고 어느 순간 똑같이 느껴졌다. 누구로 변하는 거지? 아람은 생각했다. 김석원인가? 박형근? 아니면 소을? 그것도 아니면 아람이 돌아오기만을 애타게 기다리고 있는 나의 소중한 돈줄, 예술가가 되고 싶어 하는 부자 아이들?

아니, 다 아니었다. 아람은 미간을 살짝 찌푸렸다. 그들보다는 훨씬 나이가 많아 보였다. 저 사람은, 그러니까…….

'예술 하는 데엔 돈 많은 후원자가 필요하지.'

예의 그 학과장이었다.

그러나 아람은 그 부모가 보낸 시나리오를 읽고 그의 말이 잘못되었다는 것을 알았다. 아아, 예술 하는 데엔 돈 많은 후원자가 필요한 게 아니었다. 완전한 착각이었다. 예술을 하려면……

예술을 하려면 그냥 돈이 많아야 했다. 너무 많아서, 자신의 안위에 대한 걱정 없이 남을 돌아볼 수 있을 정도가 되어야 했다. 타인과 사회를 위해 발언하고 희생하는 행위를 쉬이 저지를 수 있으려면 기본적으로 그 희생이 결국은 자신에게 유리해질 길이라는 확신이 있어야 했다. 그리고 그 확신의 기저에는 결국 돈이 있었다……

아아, 결국 돈이 최고야. 아람은 이를 꽉 깨물었다. 정말이지 돈만이 너무나 완벽하고 올바르다. 이런 내용의 연극이, 영화가, 드라마 혹은 소설이 나온다면 일단 후한 평가를 받을 것이다. 사회의 계층 문제를 드러내면서 동시에 정의로운 상류층 주인공이 등장하니까.

나는 언제 그런 돈을 벌지? 아람은 울고 싶어졌다. 그러나 꾹 참았다. 쉬는 시간 내내 아우성치는 그 모든 중학생들의 얼굴이 쭈그러지고 낡아가는 동안, 아람은 일언반구도 하지 않고 가만히 아이들의 고함을 듣고 있었다. 어려운 일은 아니었다. 콜센터에서 내내 했던 일이니까, 상대가 지칠 때까지 들어주는 것.

그리고 운동 부족의 중딩들이 지쳐 헐떡일 때가 되어서야 마침내 입을 열었다.

"범인을 찾은 사람은 이미 나왔어요. 이미 저에게 신고를 해주었고요. 어떻게 자신이 풀지 못했다고 해서 문제가 잘못 설정되었으리라는 생각을 할 수 있는 거죠? 왜 더 열심히 노력할 생각은 하지 않고 일단 화부터 내고 보는 건가요? 의대에 가기에 그런 건 아무런 도움이 되지 않아요. 수능 시험장에서 문제를 잘못 냈다고 따질 건가요?"

아이들이 고요해졌다. 뭐야! 누구야! 누가 범인을 찾았어? 외마디 비명처럼 외치더니 마치 소풍 나온 아이들처럼 수를 세며 스물다섯이 모두 이 자리에 있는지 헤아리기 시작했다. 둘이 비자 난리가 났다. 곧 그 둘이 돌아왔는데, 함께 화장실에 다녀왔다는 해명에도 불구하고 날선 취조를 받았다. 분명 서열이 아래일 게 분명한 그 두 아이가 겁을 먹고 울먹대기 시작하자 비로소 취조는 멈추었다. 그래, 쟤들이 어떻게 범인을 찾았겠냐? 누군가가 조소하는 어투로 말했다. 그리고 그 말이 끝나기 무섭게, 다시 시작종이 울렸다. 아이들이 시청각실 안으로 벌레 떼처럼 흩어졌다. 아람은 자신이 첫 발견자가 아니라는 작은 열등감에 사로잡혀 말을 잃은 채 뿔뿔이 흩어지는 아이들의 등을 바라보았다. 하나도 재미있지 않았고, 여기서 도망치고 싶었다. 그러나 핸드폰에서 돈통 열리는 소리가 났다. 입금되었다.

05

"어? 시체가 자리를 옮겼어!"

쉬는 시간이 끝나고 다시 강당에 들어간 아이들이 비명을 질렀을 때 아람은 자신의 귀를 의심했다. 그런데 정말로 시체는, 그러니까 박형근은 창고 문 바로 앞에 가서 엎드려 있었다. 그리고 아람은 문득 깨달았다. 창고 문은 당겨서 열어야 하는 구조였다. 즉 박형근이 거기 누워 있는 한, 아무도 창고 안으로는 들어갈 수가 없었다.

게다가 박형근이 그 앞에 바리케이드처럼 누워 있는 것

은, 정확히 그 아이의 부모가 쓴 시나리오에 나와 있는 바이기도 했다. 설마 그 부모가 박형근에게도 수를 썼을까. 그럴지도 몰랐다. 방법은 모르겠으나 아이가 자신에게 은밀히 접근했던 걸 보면 충분히 가능한 일이었다.

"어머!"

아람은 일단 소리쳤다.

"어머, 반전이 일어났어요! 시체가 움직였어요, 그러면 더 찾을 수 있는 단서들이 나올지도……."

말이 끝나기도 전에 아이들은 튀어 갔다. 그 다급한 스물 몇 개의 등 뒤에서, 아람은 박형근을 노려보았다. 박형근이 무슨 생각을 하는지 당장 듣고 싶었으나 도통 방법이 없었다.

강당 한복판에 있던 시체가 창고 앞까지 올 수 있던 트릭에 대해 아이들은 한참을 떠들었다. 아람은 거기서 가장 멀리 떨어졌고, 그 덕에 오목이나 열심히 두고 있던 장민욱과 조용히 접선할 수 있었다.

"……그래서 죽인 거야. 그렇게 바뀌었어. 이젠 네가 범인이 아닌 거지. 진범이 어떻게 교수를 죽였는지 잘 기억해놓아. 나중에, 별인을 찾은 유일한 사람이 너라고 발표

할 때, 네가 다 설명을 해야 하니까."

아람이 소곤거리며 말하자 장민욱은 기가 막힌다는 듯 대답했다.

"……와, 참으로 감사하네요. 그렇게라도 주인공이 되고 싶대요?"

*

마침내 종료 종이 쳤다. 짜잔! 박형근이 피 웅덩이에서 벌떡 일어나며 소리를 질렀다. 아이들이 꺅꺅 비명을 지르거나 웃음을 터뜨렸다. 그러나 그 웃음이 지어낸 것이라는 사실을 박형근만 몰랐다. 서른 명의 학생들은 줄지어 기표소를 닮은 부스에 들어가, 자신이 유추하는 범인과 그 트릭을 종이에 적은 후 접어 아람에게 제출했다. 다들 입이 비쭉 나온 상태였다. 자신이 범인을 가장 먼저 제보한 넘버원이 아니라는 자괴감이 모두를 지배하는 중이었다.

감사합니다, 감사합니다. 아람은 말하며 종이를 받아 챙겼다. 어차피 그 글들을 읽을 생각은 전혀 없었다. 이 모든 난장은 곧 막을 내릴 터였다. 아람이 바라는 건 그뿐이었다. 이 아수라장이 종료되자마자 대충 마무리하고 동네를 뜨는 것. 이제는 그저 도망치고 싶은 마음뿐이었다. 물론, 돈은 다 챙겨서.

창체부장이 아이들을 인솔하여 강당을 빠져나갔다. 아이들은 2층의 빈 교실에서 대기하며 결과 발표를 기다릴 계획이었다. 각자 종이에 적은 트릭을 아람과 박형근이 읽고 우승자를 선정하는 데에 주어진 시간은 단 십 분. 십 분 후에 모두는 다시 강당에 모여 현장을 보며 우승자의 설명을 듣게 되어 있었다.

아이들과 창체부장까지 모두 빠져나가자 둘만 남았다. 귀청을 때릴 정도로 시끄럽던 아이들의 소리가 사라진 강당은 적요했다. 똑. 똑. 어디서 물 떨어지는 소리가 나길래 봤더니 벽을 타고 물이 흐르는 중이었다.

아람은 종이 뭉치를 꼭 쥔 채, 팔짱을 끼고 박형근을 바라보았다. 박형근이 되물었다. 뭐요?

"뭐요, 라고요?"

"네, 뭐요."

"장난해요? 술에 꼴아서는 어디 갔는지 전화도 안 받더니, 여기서 시체놀이나 하고 있던 주제에 '뭐요'? 김석원은 어디 팔아먹고 본인이 시체가 되어서 누워 있냐고요. 김석원 데려오기로 한 사람은 그쪽 아니었어요? 우리가 여기 왜 왔는데. 김석원한테 쳇값 물으러 온 건데 이딴 식으로 일을 망쳐요?"

"내가 무슨 일을 망쳐요. 애들이 나를 얼마나 좋아하는지 못 봤나?"

"애들이 좋아하는 거랑 우리 일이랑 무슨 상관인데요."

"그리고 막말로, 그쪽이 쓴 그 시나리오인지 뭔지도 아주 형편없더만. 누가 시체를 하든 무슨 상관이야?"

"시나리오 대충 써도 된다고 말한 건 그쪽이에요. 목적이 뭔데. 김석원 찾아내서 빚 받아내는 게 목적인데 시나리오는 무슨 시나리오? 어쨌든 당장 말해요, 김석원 어딨어요? 알긴 알아요?"

알면서도 물었다. 자신은 김석원이 죽었다는 사실을 모르는 사람이어야 했으니까. 그러면서 아람은 눈을 굴렸다. 창고에 들어갈 명분을 만들어야 했다. 창고에 들어가 김석원을 발견하고, 전화를 걸어 신고하면 교장이 경찰관 몇을 거느리고 들이닥칠 거였다. 그동안 아람은 얼른 교실로 올라가 우승자를 발표하면 되는 일이었다. 본디 시청각실에 내려와 다시 현장을 점검하며 우승자의 설명을 들어야 하지만 적당한 핑계를 대고 그 과정은 생략해도 상관없을 터였다. 그래, 시청각실에 누수가 일어났다고 하면 좋겠다. 아람은 물 흐르는 벽을 보며 생각했다.

"김석일? 뭐 어디서 그놈의 유튜브 찍고 있겠지, 아니면 그, 이름 뭐냐, 그 당롱리 여자애랑 있거나. 다시 찾으면 되지 뭐."

"장난하냐고요. 씨발, 내가 능력도 없는 사람 믿고 여기까지 온 게 잘못이지……."

"뭐? 쎠발?"

아람은 대답하지 않고 손에 든 종이 뭉치를 바라보았다. 서른 장의 A4 용지는 한 손에 쥐고 있기 버거운 양이었다. 손아귀가 아팠다. 그래, 이거였다.

"됐고요, 난 종이 넣을 파일이든 상자든 필요하니까 좀 찾아야겠어요."

아람은 허리를 펴고서, 별안간 창고 쪽으로 몸을 틀었다. 그러고는 빠르게 몸을 움직였다. 박형근이 따라올 수 없는 움직임이었다. A대에서 무용 수업을 꽤 들었다. 그 가락이 아직도 몸에 남아 있었다. 박형근이 소스라치며 손을 뻗어 아람의 팔뚝이며 옷깃을 낚아채려 들었지만 아람은 미꾸라지처럼 빠져나왔다. 아람은 속으로 생각했다. 쯧쯧, 이것마저도 못해서야 어디서 무얼 해서 먹고 살겠니.

고 맹랑한 중1짜리 아이는 카드로 문을 따는 법이 대단한 것인 양 으스댔지만, 아람이 그 분야의 전문가라는 사실은 몰랐을 터였다. 뭐, 카드도 필요 없었다. A4용지 두 장을 겹쳐 몇 번 접은 것만 있으면 충분했다. 아람은 박형근과 대화하는 내내 손을 꼼지락거리며 종이를 접고 있었고, 자신을 막으려는 박형근에게 으르렁대며 문을 활짝 열었다.

그러고는 자신에게 돌진하는 박형근을 피해 문을 꽝, 하고 닫았다. 다행히 문은 잘 잠겼다. 안에는 김석원의 시신이 널브러져 있었다. 아람은 심호흡을 몇 번 한 후 전화를 걸었다. 112는 아니고, 교장이 알려준 경찰관의 전화번호였다. 걔가 옛날 내 제자라서 내 말을 잘 들어요. 교장은 말했었다.

06

 학교 내에서 사체가 발견되었다는 것은 아이들에게 알려지지 않았다. 다들 2층 빈 교실에 모여 있었으니까. 박형근을 창고 안에 가둬놓고 나온 아람이 십 분 정도 늦긴 했지만 그 동안 술직이는 아이들은 없었다. 모두가 아람을 간절히 기다리고 있는 중이었다. 그 정도로, 이기고 싶었던 모양이었다.

 아람은 버석한 얼굴로 그 앞에 섰다. 종이 서른 장을 여전히 한쪽 손에 말아 쥔 채였다. 물론 읽진 않았다. 어차피 첫 번째로 추리에 성공한 발견자도, 범인도 정해져 있다.

"'도전! 과학 탐정'의 결과를 발표합니다. 일단 우승자는……."

장본인은 언제나 그랬듯 팔짱을 낀 채 아람을 노려보는 중이었다.

"진범을 알아낸 우승자는 단 한 명, 청소부를 맡은 장민욱 학생입니다."

뭐! 아이들이 벌떡 일어섰다. 뭐라고요? 장민욱이 범인이 아니고요? 그럼 다른 청소부가 범인이라고요?

어떤 아이는 한 술 더 떴다. 우리 엄마가 무조건 장민욱이라고 했는데……. 생기부 신경 쓰지 않는 애가 범인일 거라고…….

그 말에 아람은 벌떡 일어난 아이들의 머릿수를 세어보았다. 딱 스물다섯이었다. 아니, 스물넷. 하나는 가만히 앉아 있었다. 그 맹랑한 아이였다.

"박수 쳐주지 않을 건가요?"

아람이 물었으나 누구도 손을 움직이지 않았다. 아람은 침을 꿀꺽 삼킨 후 일부러 최대한 명랑한 목소리를 지어내며 다시 말했다.

"그럼, 우승자 장민욱 학생이 무슨 일이 있었는지, 어떻게 추리했는지 설명을 한번 해볼까요? 제가 판단하기로는 정말 대단한 추리였는데 말이에요."

장민욱에게로 모두의 시선이 쏠렸다. 장민욱은 여전히 팔짱을 풀지 않고 있었다. 자리에 있던 창체부장이 헛기침을 한 후 을러댔다. 장민욱이, 대답해야지요? 대답을 해야지? 그러나 장민욱은 묵묵부답이었고 아이들은 다시금 일제히, 이번에는 아람 쪽으로 고개를 돌렸다. 쟤가 추리를 했다고요? 그럴 리가 없다고요, 라는 표정으로.

교실 에어컨이 18도로 맞춰져 있었음에도 불구하고 아람의 목덜미에는 땀이 흘렀다. 장민욱은 왜 아무런 말을 하려 들지 않을까?

"민욱 학생, 혹시 발표가 어렵나요? 쑥스러워 하지 말고, 자, 어서."

그러나 역시 요지부동. 그렇게 대치 상태가 일 분 가까이 지속되었다. 연극에서 의도치 않은 일 분의 침묵은 사고를 의미한다. 배우가 대사를 잊었거나, 연출을 엿 먹이려고 작정했거나. 아람은 언제나 그랬듯 교실 맨 뒤 가장 구석 자리에 앉은 장민욱의 앞으로 저벅저벅 걸어갔다. 그러고는 장민욱의 눈을 똑바로 쳐다보았다. 분명 시나리오를 들었을 때는 약간의 비꼬는 말 말고는 별다른 반응을 보이지 않았는데 갑자기 왜 막판에 와서 이렇게 훼방을 놓으려 들까? 아람은 땀이 흐르고 있음에도 불구하고 두 손을 주머니 안에 집어넣었다. 그러고는 주먹을 꽉 쥐었다. 손톱이 손바닥을 파고들었다.

그래, 물론 이런 돌발 상황을 예상하지 못한 것은 아니었다. 그래서 종이를 받은 터였다. 장민욱이 여전히 입을 열 낌새를 보이지 않자 아람은 다시금 앞을 향해 저벅저벅 걸었다. 그러면서 속으로 중얼거렸다. 고향 출신이라고 챙겨주려 했더니, 역시 싹수가 노랗지, 라고. 불쌍해서 준 기회를 저토록 싸가지 없는 태도로 걷어차다니 역시 평생 당롱리에서 썩을 팔자라고. 아아, 이런 생각은 정말 하고 싶지 않지만 아무래도 돈이 좀 있는 애들이 착해. 그렇게도 생각했다. 집안에 여유가 있어야 남을 돌볼 마음이 나지, 저 불량배 같은 새끼는 그저 훼방놓을 생각만 가득해서는. 교실 앞에 돌아와 돌아보니 장민욱과 함께 앉은 당롱리 아이들 모두가 심술 가득한 표정으로 아람을 바라보고 있었다. 기가 찼다. 아람은 또 소리 없이 속삭였다. 그래, 여기서 태어난 게 죄는 아니지만 최소한 인간은 되어야 도와줄 맛이 나지, 이것들아. 대체 내가 뭘 했다고 그런 눈으로 날 노려보는 거냐고. 그래서야 뭐, 콩고물 하나 떨어지기를 하겠어?

그때 주머니 속 핸드폰의 알림음이 울렸다. 철컥. 돈통 열리는 소리였다. 이번엔 또 누가 입금했을까? 학부모 회장? 당동중학교의 교장이나 창체부장? 아니면 하숙집 노인? 누구든 좋았다. 아람은 허리를 곧게 폈다. 마치 물에 떨어뜨린 잉크처럼 미소가 만면에 피어났다. 종이 뭉치를 꺼내면서 흘끗 토도 쪽 창문을 보니 경찰복을 입은 사람 두엇이 지나가고 있었다. 이제 다 됐다. 다 된 거였다.

"이럴 경우를 대비해서 종이를 받은 거예요. 너무 떨려서 발표를 못 하는 친구도 있으니까 배려하는 차원에서 말이에요. 그럼 제가 대신 읽어볼까요? 장민욱 학생의 추리를, 한번 확인허보지요."

그러고는 장민욱 이름이 적힌 종이를 펼쳤다. 종이에 적힌 것은 딱 세 글자였다. 오목을 두던 샤프펜슬로 희미하게 쓴. 아람은 글자가 비쳐 보이지 않도록 손바닥으로 종이 뒤쪽을 가리며 방긋 미소 지었다.

"어머, 꽤 기네요. 그러면 읽어볼게요."

너 같은 애송이는 나를 이길 수 없어. 나는 연기로 인서울을 한 사람이라고. 너 같은 애가 우습게 볼 대상이 아니지. 아람은 속으로 생각하며 목을 가다듬었다. 중학생 관객을 대상으로 한 즉흥 연기야 자신 있었다. 솔직히, 콜센터의 나이 먹을 대로 먹은 진상들을 대하는 것보다 훨씬 쉬웠다.

그렇게 생각했다.

민욱

"으음 중학교 때까지는 당롱리라는 곳에서 살았습니다. 하루에 농어촌 버스 네 번 오는 오지 마을인데, 진짜, 생각하시는 열악한 시골 환경 그 자체고요. 거기 살면서 정말 아무 과외며 학원이며 못 다녔어요. 당롱리에 고등학교가 없어서 다른 데로 유학을 가긴 했지만 곧 자퇴했고, 상경해서 바로 사회생활 시작했어요. 일하며 돈 벌었습니다. 중간에 군대 다녀오느라 많이는 못 벌었지만."

우와. 사람들이 박수를 쳤다. 누군가 옆에서 입을 씰룩거렸다. 몇몇은 입을 가린 채 서로의 귀에 대고 속삭이기도 했다. 민욱은 가만히 그들의 모습을 바라보았다. 그러다 어느 한 명이 조심스레 물었다. 당롱리라면, 제가 생각하는 그 사건의 그곳이 맞나요?

"네, 그렇죠." 담담하게 대답하고 시선을 조금 내리깐 채 말을 이었다. "제가 그 현장에 있었습니다. 살아 나왔어요."

좌중이 조용해졌다. 모두가 입을 조금 벌린 채 양손으로 자신의 팔뚝을 껴안고 민욱을 응시했다. 그러다 한 사람이 손을 들었다. 민욱은 그쪽으로 고개를 돌렸다.

"……그런 현장에 있었다는 거, 나중에 자기 서사로 써먹을 건가요?"

민욱은 질문한 사람을 가만히 바라보다가 대답했다.

"……돈이 된다면요."

사람들이 기함한 표정을 지었다. 민욱은 속으로 생각했다. 나만큼 솔직한 사람은 여기 없어, 라고.

자기소개가 끝난 후 모두 강의실 밖으로 우르르 빠져나왔다. 자아, 뒤풀이 장소는 후문 아래 '우돌지 호프'입니다, 길을 모르는 분들은 저를 따라오세요! 과 대표가 말했고 다들 삼삼오오 짝을 지었다. 이미 알던 사이인 신입생들이 많은 듯했다. 민욱은 혼자였다. 뭐, 딱히 상관없었다. 그럴 줄 충분히 예상하고 있었으니까. 핸드폰을 켜고 '우돌지 호프'를 검색했다. 겨우 도보 오 분 거리를 가지고 인솔까지 해줘야 한다니, 같은 신입생들이 우습기 짝이 없었다.

호프집에 도착해서는 가장 안쪽 자리에 앉았다. 민욱보다 서너 살쯤 어린 신입생들이, 마치 민욱의 주변에 보이지 않는 울타리라도 있는 것처럼 조금 거리를 띄워 자리했다. 민욱의 맞은편에는 아무도 없었다. 야, 들어가, 안쪽으로 더 들어가. 과 대표의 말에도 엉덩이를 움직일 줄 몰랐다. 정작 민욱은 아무렇지 않은데. 민욱은 그저 같은 값을 내고 술을 아주 많이 마시기 위해 이 자리에 온 것뿐이었다. 자신보다도 어린 과 대표가 겉도는 새내기를 챙겨야 한다는 압박 때문인지 자꾸만 이쪽을 흘끔거리길래 민욱은 말했다. 그냥 저 혼자 두시는 게 더 편해요. 그러자 과 대표는 진심으로 안도하는 표정을 지으며 저쪽으로 사라졌다.

*

 그날 민욱은 추리를 적는 용지에 세 글자를 남겼다. '살인자'라고.

 조모는 수완이 좋았으나 디지털 기기에는 취약했다. 민욱은 그래서 조모 대신 조모의 계좌를 관리했다. 하숙하는 유학생들의 입금 내역을 보면서 생각했다. 이 돈을 내고 자식을 당롱리에 맡기겠다는 사람들은 대체 어떤 작자들일까, 하고. 종종 출금이 필요할 때도 있었다. 아이들이 먹을 음식을 준비하기 위한 재료비가 대부분이었으나—할머니는 25인분을 혼자 손수 준비해 민욱에게 각각의 집으로 배달시켰다—간혹 당롱중학교 아이의 부모에게 다시 돌아가는 돈도 있었다. 당롱중학교 교직원에게 가는 돈도, 알고 보니 공무원이었던 누구누구에게 가는 돈도 있었다. 할머니, 이게 맞아요? 이 돈을 주는 게 맞아요? 물으면 할머니는 간단히 이야기했다. 마음에 안 드는 게 있다대, 소문나는 것보다는 적당히 선물을 주고 좋게 좋게 지내는 게 낫다고.

 민욱은 이해할 수 없었다. 꼬부랑 허리를 한 채, 먹고살기 위해 아직도 스물다섯 명의 끼니를 책임지는 할머니의 돈을 뜯어 가다니 벼룩의 간을 빼앗아도 모자란다고 생각했다. 나는 가난해. 민욱은 항상 생각했다. 나는 가난하고 불우해. 그러니 돈이 될 수 있는 거라면 뭐든 하겠어.

듣도 보도 못한 목돈을 구아람의 계좌에 이체해달라는 조모의 부탁을 듣고 민욱은 입을 떡 벌린 처 물었다. 대체 왜? 그 전날 밤 구렁이주를 가지고 온 그를 흘겨보며 치를 떨고는 했는데. 이 동네 출신이면서도 누구보다 당롱리 사람들을 싫어하고 무시하는 게 눈에 빤히 보였는데. 그런데 그 사람에게 왜 돈을 보낸단 말인가? 심지어 민욱은 구아람의 어처구니없는 요구에도 응했었다. 만취해 물 먹은 솜처럼 무거워진 두 남정네의 몸을 구르마로 날라 학교 시청각실에 처박아두었으니까. 그 작업을 하느라 얼마나 힘들었는지. 그런데 돈을 보내라고?

잔말 말고 보내라면 보내. 조모는 성화했으나 평소 민욱을 타박할 때보다 훨씬 힘없는 목소리였다. 무슨 일이 있는 게 분명했다. 민욱은 조모에게 다시금 무슨 일이냐고 물었다. 아마 즈모에게 대화를 먼저 요청한 것은 올해

들어 처음일 터였다.

"그 유튜버가 방금 학교에서 죽었다대······."

"뭐?"

"누가 죽인 것 같대."

"뭐?"

"그런데 그게 소문이 나면 당롱중학교도 난리 날 거고 서울 애들도 다 빠질 거라. 마을이 망하는 건 순식간이다."

마을이 망하는 게 뭐 어때서? 민욱은 그것에 대해서는 아무런 이의가 없었다. 그렇게 말하자 조모가 눈을 부라리더니 물었다. 그러면 너는 무사할 것 같으냐? 너 키우는 돈이 다 어디서 나왔는데!

"애들한테 받은 돈 돌려주면 되잖아. 그 서울 애새끼들 오기 전에도 우리 어떻게든 살았잖아. 내가 잘살고 싶다고 했어? 할머니 돈 없어도 돼, 내가 당장 자퇴하고 나가서 알바 뛰고 돈 벌어 오면 되니까!"

그러자 조모는 대답했다.

돈이 없다고.

*

 인터넷뱅킹도 할 줄 모르는 노인네가, 전 재산을 꼴아박았을 줄이야.

 민욱은 오목에서 내리 졌다. 오목으로는 이길 사람이 없던 장민욱이 웬일이냐고 친구들은 능글궂게 웃었다. 그러면서도 민욱의 눈치를 살살 봤다. 민욱이 '도전! 과학 탐정'과 신이 잔뜩 나서 나대는 서울 애들 때문에 언짢아하는 거라고 생각했기 때문이었을 터였다.

 아니, 민욱의 머릿속에는 온통 이제 우리 집이 정말로 알거지가 되는구나, 하는 자각밖에 없었다. 지금껏 모은 모든 돈을 조모는 웬 사기꾼에게 투자했고 완전히 잃었다는 거였다. 게다가 그 돈은 하숙생들에게 선불로 받은 돈이기도 했다. 그 애들이 나가면 돌려줄 수 있는 돈이 전혀 없다는 것이었다.

 "……무슨 사기였는데."

 민욱이 주먹을 쥐며 묻자 조모의 대답은 더욱 얼토당토않았다. 서울의 어린 애들을 유치하는 것에 성공했다는 사실에 고무되어 이번엔 청춘 남녀를 당롱리에서 합숙

시켜 사랑의 결실을 맺게 하는 계획을 세워보았다고, 그리고 공가로 남은 죽은 노인들의 저택을 싸게 매입해 애정촌으로 리모델링하겠다는 사업가를 만났다고, 그래서 그에게 리모델링비를 거액 투자했는데 그대로 잠적했다고…….

그게 누군데, 씨발, 그게 누군데! 민욱이 외치자 조모는 얼버무렸다. 그래, 그 나이쯤 되면 자신이 잘못 판단한 것에 대해서는 어떻게든 숨기고 싶어 하는 것이었다. 대신 조모는 꼴사납게 주저앉아서는 철철 울기나 했다. 민욱은 기가 차서는 씩씩거렸다.

"그래서, 그 유튜버 죽은 건 누가 발견해서 말한 건데?"

"……그, 의대 못 간 놈팽이."

"그런데 왜 구아람 계좌에 돈을 넣어? 그 놈팽이가 아니라."

민욱은 분명히 기억했다. 자신이 구루마에 남자 둘을 넣어 나르는 동안 구아람이 얼마나 경멸스러운 표정을 짓고 있었는지를. 구아람은 그걸 숨길 생각조차 없었다. 아마 민욱이 자신의 편이라 생각했기 때문이었을 터였다. 개뿔. 구아람은 박형근과 다를 게 하나 없었다. 아니, 박형근보다 더 나빴다. 당롱리 애들을 챙기는 척하면서 내내 몸짓으로는 말하고 있었으니까. 너희는 불우하고 미개해, 다시는 너희의 위치로 떨어지지 않을 거야, 라고.

"……모르겠네. 나는 그냥, 선생들이랑 학부모 회장도 그리로 돈을 넣는다길래……."

조모의 대답을 듣는 순간 민욱은 백 퍼센트의 심증을 가졌다.

구아람이 범인이구나.

그렇다면 무얼 해야 할지 알았다. 시나리오는 금세 머릿속에서 완성되었다. 먹잇감을 구하는 것도 어렵지 않았다. 최미림의 사촌동생 최샤론. 최미림의 일탈을 그 부모는 몰랐지만 다른 학부모들은 모두 알았다. 특히 사촌동생 최샤론의 부모는 실패한 최미림의 기억 탓에 자기 아이에게는 일부러 '두 가지 토끼' 운운하는 말을 하며 현혹했다. 우리처럼 자유로이 너를 풀어주고 응원해주는 부모는 없어.

최샤톤은 실제로 자신이 의대도 예대도 갈 수 있는 특별한 사람이라는 자의식을 한껏 가진 채로 성장하는 중이었다. 그 최샤톤을 잘 이용하면 구아람을 궁지에 몰아넣을 수 있을 거라고 민욱은 확신했다. 자신이 범인이 아니라 발견자가 되고 그리하여 발언권이 생기는 순간, 구아람의 살인을 증명해낼 것이었다. 조금 소요가 일겠지만 구아람은 급히 잡혀갈 터이고 모든 일이 일단락되면 민욱은 자신 입장의 시나리오를 모두가 생기부에 쓸 수 있도록 양보할 작정이었다. 그러니까, 스물다섯, 아니 주인공이 될 최샤론을 제외한 스물네 명은 직접 대학 청소부라는 직업의 힘듦을 체험하기 위해 그 역에 자원하면서 동시에 의대생 롤을 맡은 친구들보다 훨씬 우수한 통찰력과 논리로 범인까지 밝혀내고야 만 최우수 학생이 되는 것이다. 누구도 그 롤을 거부하지는 않을 것이다. 그게 진실인지 아닌지는 하등 중요치 않다. 어차피 연극 아니던가?

민욱은 '살인자'라고 쓰인 게 전부인 종이를 보며 마치 뭐라도 있는 양 말도 안 되는 궤변을 늘어놓고 있는 구아람을 뒤로한 채 교실을 빠져나왔다. 당롱리 친구들이 자신을 따라 나왔다. 교장이 부른 경찰들이 그 교실로 우르르 들어갔다. 유학생들에게 단체로 폭행당한 아이가 신고를 했을 때는 옴짝달싹도 않던 사람들이 이럴 땐 참 빠릿빠릿하게 움직였다.

"우린 저런 사람이 되지는 말자."

운동장에 나온 민욱의 말에 아이 하나가 물었다. 형, 돈을 많이 벌면 저렇게 되는 걸까요? 저는 돈을 많이 벌고 싶은데 어떻게 하지요?

"……뭘 해서 돈을 많이 벌 건데?"

민욱이 묻자 아이는 대답했다. 아빠가 오토바이를 놓고 갔어요, 그거 운전 얼른 배워서 배달 일 하면 되죠, 유학생 애들이 맨날 그랬잖아요, 여긴 배민도 안 돼서 개빡친다고……. 그니까 제가 배달을 하면 완전 독점이잖아요…….

결국엔 또 걔들에게 빌붙으려는 거니. 민욱은 속으로 중얼거렸다. 그러나 겉으로는 뱉지 않았다. 아이의 아버지가 사라진 지 일주일째고 남긴 것은 오토바이뿐이라는 사실을 모르는 당롱리 사람은 없었으니까.

"……글쎄, 난 모르겠네. 기름 값이 더 나오겠다."

말하면서 민욱은 등을 돌려 교문을 향해 걸었다. 아이들이 꿍얼대며 뒤를 따랐다. 이렇게 일과 시간 중에 학교를 나와 놀러 가는 거야 매번 하던 일이었다. 오늘은 어딜 가야 하나 생각하는데 갑자기 슬퍼졌다. 구아람이라는 존재가 처음 당롱리에 왔을 때 자신이 얼마나 전율했었는지가 생각나서. 자신을 방치한 조모와 엿같은 마을에 더 큰 엿을 먹이고 자신의 진정한 꿈을 향해 떠났던 전설 속 탕아를 마침내 만날 수 있다는 사실이 얼마나 기뻤는지 떠올라서. 구아람이라는 이름은 민욱에게는 도달하고 싶은 목표와도 같았다. 이런 환멸로 끝나게 될 줄은 꿈에도 몰랐었다.

가난과 지역을 극복한 이라고 믿었던 신화 속 인물이 돌아와 최악의 모습을 보여주었다. 내내 그런 사람이 되고 싶었는데, 이제는 방향을 상실해버린 기분이었다. 구아람은 똑같은 어른이 되어 있었다. 아니, 더 끔찍한 어른이.

교문을 나선 민욱은 뒤를 돌아보았다. 민욱이 발걸음을 멈춘 것을 아직 깨닫지 못한 아이들이 저들끼리 투닥대며 민욱보다 몇 발자국을 더 뗐었다. 후에 몇백 번을 다시 생각해도 하늘이 보살폈다고밖에는 생각할 수 없었다. 그러지 않았다면 모두가 다쳤을 테니까.

*

당롱중학교 폭발 사고의 생존자는 다섯. 그중 민욱만이

경미한 화상을 입었고 넷은 멀쩡했다. 이후 감식 결과 불은 시청각실 창고에서 시작된 것으로 밝혀졌다. 창고에는 아직 신원이 밝혀지지 않은 남자의 사체와 라이터, 스프레이 통의 잔해가 함께 발견되었다. 거기서 시작된 불은 빠르게 학교를 불태웠다. 낙후된 학교 건물에는 소방시설이 전혀 작동하지 않았다. 나중에 밝혀진 바, 학교에 배정된 유지보수 예산은 오로지 이장이 주도한 시청각실 리모델링을 위해 쓰였다. 교직원이나 외부인을 차치하고서라도 어린 중학생이 스물다섯 명이나 사망했으니 엄청난 참사였는데 그 스물다섯 명이 모두 서울에서 온 '유학생'이었다는 사실에 세간의 관심이 쏠렸다. 결국 스물다섯 명에 대한 애도보다는 겨우 대입을 위해 그런 식으로 위장전입을 시도한 이들에 대한 비난이 쏟아졌다. 그 부모들 중 몇몇이 이름만 대면 누구나 알 법한 정치인이거나 언론인, 쇼 닥터, 혹은 재벌 3세와 유명 영화감독이라는 사실이 알려지자 비난 여론은 더욱 거세졌다. 그 부모들은 결국 악플러들을 고소했는데 신상이 밝혀진 악플러 중 동료 학부모들이 상당수라는 사실이 몇몇 신문사를 통해 또 새어 나가면서 이제는 조롱까지 받기 시작했다.

다 똑같다고, 일련의 과정을 바라보며 민욱은 생각했다. 그렇게 비난하고 조롱하는 이들도 결국 제 성공을 위해서는 다 똑같이 행동할 거라고. 그것은 구아람을 통해 깨달은 바이기도 했다.

절대 그렇게 살지 않으리라 생각했다. 민욱의 조모는 희생자들의 발인이 끝나자마자 당롱리를 떠나려 했다. 그러나 일흔을 넘은 노인이 평생 살던 곳을 떠나 어찌 살 수 있을까. 하루가 멀다 하고 유가족들이 찾아와 노인의 멱살을 잡고 머리채를 쥐는 통이었다. 그들 중 하나는 조모의 얼굴을 주먹으로 내리치기도 했다. 나중에 알고 봤더니 자신에게서 범인 역할을 가로챘던 최샤론의 아버지였다. 물론 학교에 없던 최미림은 살았지만, 더는 아무런 소식을 듣지 못했다.

결국엔 세상만사가 다 도둑질이야. 민욱은 그렇게 결론 내린 회의론자가 되었다. 구아람이 박형근에 대해 자신에게 했던 말 그대로. 저 새끼는 가난을 도둑질하는 놈이야, 라는 말. 그러나 사건이 일어난 후 밝혀진 바로는 구아람 역시 죽은 친구의 집에 도둑처럼 살고 있었다고 했다. 게다가 위조 학위를 통해 돈을 벌었고 그걸로 당롱리에 와서 그 유세를 떨었다. 유학생들은 또 어떤가? 겨우 농어촌 전형, 그걸 위해 강롱리에 침입해서는 그 정체성을 도둑질했다. 그리고 사람만 도둑질을 하는 게 아니었다. 참사는 당롱리에 남은 모든 아이의 미래를 앗아갔다. 그거야말로 무시무시한 일이라고 민욱은 생각했다.

*

"저기, 저기요."

혼자 물이나 마시고 있는데 어떤 남자가 말을 걸었다. 목에 매단 명찰을 보니 자신보다 선배였다. 현역으로 들어왔다고 가정한다면, 대충 또래 정도일 듯했다.

"네."

"그때 그 자리에 계셨다면…… 구아람 샘을 아셨겠네요."

이건 또 뭐야. 민욱은 그를 바라보았다. 눈빛은 불안하게 흔들렸고, 손톱을 물어뜯는 버릇이 있는지 손이 엉망진창이었다. 그러나 그 손가락에는 외제 차 로고가 박힌 키링이 걸려 있었다.

"제가 중학생 때 아람 샘에게 카운슬링을 받았는데 중단되었거든요……. 돌아가셔서……."

아아. 민욱은 고개를 작게 끄덕였다. 아아, 중단된 카운슬링 때문에 결국 고달픈 예술의 길로 빠진 실패자인 모양이었다. 그래서요? 민욱이 신입생답지 않은 말투로 묻자 상대는 조금 당황한 눈치였다.

"샘이 그때 현장 체험을 시켜주시면서 말씀하셨거든요, 예술 하면 다 저렇게 가난하게 살아야만 한다고."

현장 체험이 뭔지 민욱은 알 도리가 없었으나 대충 고개를 끄덕였다. 그러자 그 선배는 다시 말을 이었다.

"그런데 제가 그 가난을 체험할 수 있는 곳이 없어서…… 도와주시겠어요?"

"네?"

"경험을 해봐야 아는 거잖아요. 그래야 예술을 할 수 있는 거잖아요. 그런데 우리 과 애들은 다들 화초들이라 진정성 있는 체험을 할 수가 없어…… 도와주시겠어요? 저는 몇 끼쯤 굶어도 괜찮아요."

민욱은 멍하니 그를 바라보았다. 그가 이어 지껄였다. 당롱리 체험도 좋을 것 같아요, 한번 가보고 싶었어요, 아람 샘 발인이랑 주기 합동 분향 할 때 하필 예고 입시 기간이라 가지는 못했지만…… 사실 당롱리에 안 가는 조건으로 예고 입시를 보게 허락받은 거거든요.

"연기할 때 그런 경험이 정말 필요할 거 같아서요. 음, 한 3박 정도면 괜찮으려나? 어때요? 진짜 어디서든 잘 수 있어요. 가이드 한 번 해주지 않을래요? 다른 곳도 아니고 당롱리라……. 아, 그래. 카메라도 들고 가면 좋겠다. 추모 다큐 같은 거 괜찮겠네요. 너무나 우연히 만난 후배가 당롱리 출신이라 제가 아람 샘의 자취를 쫓으러 가보는 거죠! 그런 데 가서 가난도 경험하고, 큰 깨달음을 얻는 거예요."

그게 탁물관 관람과 뭐가 다르죠? 민욱이 물었고 그는 대답했다.

"자동인형이랑 사람이랑 같아요? 이 경험은 완전 특별한 거죠. '현지인'과 함께이니 더더욱 말이어요. 게다가 인간적이기도 해요. 직접 고난을 겪어보겠다는 거잖아요? 진짜 약속해요, 당롱리 가면 시키는 대로 다 할게요. 사람 죽이라는 거나 어디 불 지르라는 거 빼고는 모두 다."

"왜 굳이 지금 그걸 해야 하나요? 그리고 제가 왜 도와

드려야 하지요?"

그러자 그는 만면에 미소를 지으며 대답했다. 그 대답이, 아람이 언젠가 들었던 말이었다는 사실을 민욱은 아마 평생 알지 못할 테지만.

"원래 고대부터 예술가는 후원자를 뒤에 두고 있어야 하는 법인데. 교수님이 그러셨잖아요."

그럼 선배가 후원자라는 말인가요? 민욱의 물음에 선배는 무슨 소리냐며 고개를 저었다.

"절대 그런 말이 아니었는데요. 저, 그렇게 속물 아니고 예술 포기할 생각도 없는데요? 포기할 거면 아람 샘 계실 때 진작에 포기했죠."

"그러면 후원자 얘긴 왜 나와요?"

민욱이 묻자 선배는 환하게 웃으며 대답했.

장민욱 후배님이 제 후원자인 거죠, 돈으로도 못 사는, 이라고.

"요새 누가 촌스럽게 돈 가지고 사람 판단해요. 그런 세상 아니에요."

민욱은 술잔을 어루만졌다. 마침맞게 커다란 맥주 타워가 도착했다. 모두 환호성을 지르는데, 민욱은 순간 그것의 크기가 거대한 구렁이가 든 유리병과 비슷하다고 생각했다. 그리고 구아람을 생각했다. 그 사람이 너무 싫어서 여기까지 왔는데, 실은 자신이 무슨 싸움을 어떻게 벌여야 하는지 전혀 알지 못하는 상태의 맨몸으로 전장에 도달했다는 것을 마침내 깨닫고야 말았다.

선배는 여전히 미소를 짓고 있었다.

작가의 말

한국 땅에 소설만 써서 먹고사는 이가 얼마나 될까? 이 지면에서 밝히긴 좀 그렇지만, 극소수 베스트셀러 작가를 제외한 대부분의 소설가가 단행본 한 권으로 벌 수 있는 돈은 상상 이상으로 적다. 나는 오프라인 강연이나 북 토크가 있을 때마다 그 금액을 당차게 까발리고서는 경악하는 청중의 표정을 보는 것을 즐긴다. 일종의 자학적 쾌락이라고도 볼 수 있으리라.

그러면서 가끔 궁금해한다. 내가 만약 돈이 많다면……. 원래 많았거나 아니면 책 한 권이 대박 나서 떼돈을 벌었거나 아니면 대단한 직업을 가진 투잡러였다거나 혹은 백번 양보해 소설 쓰기 전의 직업을 때려치우지 않았다거나(이 경우엔 소설을 쓰지 않고 자살했을 확률이 좀 더 높긴 하다)······. 그랬다면 강퍅하고 치졸한 서사 대신 세상을 아름답게 보는 문장들을 기록할 수 있었을까?

어쨌거나 나는 그렇지 못하기에 자꾸만 사람들의 일그러진 속내를 들여다보고 상상하고 또 적어 내리게 된다. 읽는 이가 불편함을 느낀다면 대성공인 이야기들을.

다만 꼭 말하고 싶다. 나는 아람도 소을도 형근도 민욱도 싫어하지 않는다. 왜냐하면 이들을 미워하는 순간 이 세상 거의 모든 사람을 증오해야 할 정도로 이들이 품은 악의 수준은 평범하며, 나는 사람을 싫어하고 물어뜯는 것에 에너지를 쓰며 살고 싶지 않기 때문이다(나 좋고 남에게도 좋은 일만 하기에도 바쁜 삶을 영위하고 싶다).

    그러니까 내가 이런 소설을 쓰는 이유는 어쩌면 일종의 박제와 전시일지도 모른다. 세상에는 이런 사람도 있답니다, 그리고 우리는 기어코 함께 어울려 살아야 해요, 라는 말을 하기 위해서 말이다.

    그러하다.

설재인

예술에 관한 살인적 농담

초판 1쇄 발행 2025년 8월 13일

지은이 설재인
펴낸이 이수철
주　간 하지순
편　집 지민
기　획 전강산
디자인 박예진
영업관리 최후신
콘텐츠개발 전강산, 최진영, 하영주
영상콘텐츠기획 김남규
제　작 서동관
관　리 진호, 황정빈, 전수연

펴낸곳 (주)픽셀앤플로우
출판등록 제2025-000171호
주소 (10449) 경기도 고양시 일산동구 호수로 358-39 동문타워1차 703호
전화 02) 790-6630 **팩스** 02) 718-5752
전자우편 namubench9@naver.com
인스타그램 @namu_bench

ⓒ 설재인, 2025

ISBN 979-11-993819-0-2　03810

* 나무옆의자는 (주)픽셀앤플로우의 문학 브랜드입니다.
* 이 책의 전부 또는 일부 내용을 재사용하려면
  사전에 저작권자와 출판사 양측의 동의를 받아야 합니다.
* 잘못 만들어진 책은 구입하신 곳에서 바꾸어드립니다.